Tilman Rammstedt wurde 1975 in Bielefeld geboren und studierte Philosophie und Literaturwissenschaft in Edinburgh, Tübingen und Berlin. Er ist Texter und Musiker bei der Gruppe Fön (www.euerfoen.de). Für seine Bücher wurde er vielfach ausgezeichnet, u. a. mit dem Haupt- und Publikumspreis beim Ingeborg-Bachmann-Preis und dem Annette-von-Droste-Hülshoff-Preis. Tilman Rammstedt lebt in Berlin. Ebenfalls als Rowohlt Taschenbücher erhältlich sind auch seine Romane «Erledigungen vor der Feier» (rororo 23648) und «Wir bleiben in der Nähe» (rororo 24402).

«Dieser Roman ist wie ein Film der Coen-Brüder (...) auf eine Weise erheiternd, wie es in der deutschsprachigen Literatur selten zu lesen ist (...) einfach ungeheuer unterhaltsam. Seltene Kunst.» *Kulturspiegel*

«Tilman Rammstedts Roman ist ein Tempel, ein Affenzirkus, eine Liebeserklärung an die Phantasie, weil die Phantasie eine Liebeserklärung ans Leben ist. Ein Buch, das uns die richtige Station verpassen lässt (...) aus dem wir nicht aussteigen können, nicht bei diesem Tempo; ein Buch, das uns mitreißt, wegreißt, weit fort, und das uns erschüttert, weil wir plötzlich, Tränen lachend, hinter der irrwitzigen, kalligraphisch verzierten Fassade eine tiefe Wahrheit erblicken.» *Frankfurter Allgemeine Zeitung*

«Nicht nur stilsicher, sondern auch zum Brüllen komisch (...). Ein Lügenroman, wie man lange keinen mehr hat lesen können. Münchhausen wäre stolz auf Tilman Rammstedt gewesen.» *Focus*

Tilman Rammstedt

Der Kaiser von China

Roman

Rowohlt Taschenbuch Verlag

Der Autor dankt dem Deutschen Literaturfonds für die Unterstützung bei der Arbeit an diesem Buch.

Veröffentlicht im
Rowohlt Taschenbuch Verlag,
Reinbek bei Hamburg, August 2010
Copyright © 2008 by
DuMont Buchverlag, Köln
Umschlaggestaltung
ZERO Werbeagentur, München
(Abbildung: FinePic, München)
Satz Arno Pro OTF (InDesign) bei
Pinkuin Satz und Datentechnik, Berlin
Druck und Bindung
CPI – Clausen & Bosse, Leck
Printed in Germany
ISBN 978 3 499 25353 9

Es ist viel Raum
in den Hautfalten des Buddha.
Chinesisches Sprichwort

für Mariana

Dass mein Großvater zu dem Zeitpunkt, als mich seine vorletzte Postkarte erreichte, bereits tot war, konnte ich nicht wissen. Ich hatte sie ungelesen beiseitegelegt, so wie ich auch die vorangegangenen Postkarten ungelesen beiseitegelegt hatte. Gemeinsam mit den Rechnungen und Wurfsendungen, zwischen denen sie fast täglich lauerten, bildeten sie unter dem Schreibtisch einen immer waghalsigeren Stapel, den ich mit einer alten Zeitung abdeckte, auch wenn das wenig half, ich wusste schließlich, was sich darunter verbarg.

Seit zehn Tagen spielte sich fast alles unter dem Schreibtisch ab. Auf Händen und Füßen kroch ich herum und bewegte mich nur noch in den von außen nicht sichtbaren Bereichen des Zimmers, die Knie mit Spülschwämmen gepolstert. Ich schlief unterm Schreibtisch, ich schmierte mir Brote dort, ich zeichnete einen Sternenhimmel auf die Unterseite der Tischplatte und wartete darauf, dass die zwei Wochen vorbei waren, dass ich glaubhaft aus China zurück sein konnte, um das, was es zu erklären gab, irgendwie zu erklären, eine Erklärung für meinen Großvater, eine für Franziska, eine für meine Geschwister, wenn sie mich bis dahin nicht entdeckt hatten. So schnell wie möglich musste ich mir etwas einfallen lassen, für Postkarten war da keine Zeit, die konnten so lange warten, und auch mein Großvater, so glaubte ich zu wissen, konnte so lange warten, und dann kam der Anruf, und das mit dem Warten hatte sich erübrigt.

Selbstverständlich war ich nicht ans Telefon gegangen, seit zehn Tagen schon war ich nicht mehr ans Telefon gegangen, auf dem Anrufbeantworter hörte ich eine Frau, die mich um einen Rückruf bat. «Es ist dringend», sagte sie, aber ich ahnte schon, dass das nicht stimmte, dass ich es mit dem Undringlichsten der Welt zu tun hatte, trotzdem rief ich zurück, und aus meinem Großvater wurde ein toter Großvater, aus seiner Postkarte wurde seine vorletzte Postkarte und aus mir etwas sehr Verwirrtes und sehr Einsilbiges. «Ja», sagte ich ein paarmal, und «Nein» sagte ich und «Gut», obwohl nichts gut war, weil ich nun zwar ein Problem weniger hatte, dafür aber etliche neue, und ich legte auf, nahm die vorletzte Postkarte vom Stapel und glaubte zu wissen, dass ich traurig war.

Auf der Vorderseite der Postkarte war die Statue eines dicken Mannes zu sehen, der inmitten einer goldenen Blüte auf einem Elefanten saß, die Rückseite war wieder übersät mit den winzigen knorrigen Buchstaben meines Großvaters, die zu entziffern mir schon immer schwergefallen war, die nun aber, wie ich feststellte, zu vollkommener Unlesbarkeit verkommen waren, selbst mit einer Lupe konnte ich keine wiederkehrenden Strukturen ausmachen, noch nicht einmal die Vokale eingrenzen. Bevor ich aufgab, hatte ich ein «Gut» entdeckt, ein «Berg» und ein «Morgen» oder «Mögen» oder «Magen», aber ganz sicher war ich mir da nicht.

Nur der letzte Satz war deutlich geschrieben, größer als der Rest und genau wie die Adresse in Druckbuchstaben, so tief in die Karte gekerbt, dass sie sich auf der Rückseite spiegelverkehrt in den Elefanten drückten. «Du hättest mitkommen sollen», stand da, und dahinter hatte mein Großvater ein keilförmiges Ausrufezeichen gesetzt, das mich endgültig davon überzeugen sollte, dass es sich um keine nette Floskel handelte, um keinen Ausdruck des zugeneigten Bedauerns, sondern um eine handfeste Enttäuschung, um einen Vorwurf, eine Drohung, und weil es nun seine vorletzte Karte geworden war, drohte es erst recht, als ob er nicht gestorben wäre, wenn ich ihn begleitet hätte, als ob sein Herz dann nicht auf einmal ausgesetzt hätte, oder wenn, dann wenigstens in China, aber am besten gar nicht, er hätte sich, wenn ich mitgekommen wäre, nur kurz an mir festhalten müssen, «Nichts, mir ist nur etwas schwindelig», hätte er gesagt, und ich hätte ihn zu einer Parkbank gebracht, ihm eine Flasche Wasser gekauft, weil mir nichts anderes eingefallen wäre, weil auch nichts anderes nötig gewesen wäre, «Geht schon wieder», hätte mein Großvater nach ein paar Minuten gesagt und seinen Kamm rausgeholt, die Frisur wäre sein größtes Problem gewesen.

«Du hättest mitkommen sollen», mich ärgerte dieser Satz, ich hörte, wie er ihn aussprach, wie er das «hättest» betonte, wie sich seine Augenbrauen nach unten wölbten, wie er mich danach anblickte, als ob er eine Antwort erwarte, die richtige Antwort natürlich: Ja, stimmt, Großvater, ich hätte mitkommen sollen, das war ein Fehler, du hast mal wieder recht gehabt. Mein Großvater hatte gern recht, mein Großvater hatte angeblich alles immer schon vorher gewusst, du hättest einen Schirm mitnehmen sollen, du hättest auf den Stadtplan schauen sollen, du hättest viel mehr Fremdsprachen lernen sollen, du hättest den Pullover separat waschen sollen, du hättest das Steak bestellen sollen. Mein Großvater war stets beleidigt, wenn man nicht auf ihn gehört hatte, dabei konnte man nie auf ihn hören, weil er einem immer erst im Nachhinein mitteilte, was man alles hätte anders machen sollen, aber ihn habe ja keiner gefragt, und schau, jetzt bist du nass, und schau, jetzt haben wir uns verfahren, und schau, jetzt bin ich tot.

Ja, ich hätte mitkommen sollen, und nein, ich war nicht mitgekommen, und ich wusste, es sah so aus, als hätte ich ihn sitzenlassen, ich wusste, es sah so aus, als hätte ich ihn betrogen, ich wusste auch, dass ich ihm das alles irgendwie hätte erklären können, aber nun war das nicht mehr nötig. Und ich wusste beim besten Willen nicht, ob es angemessen war, darüber erleichtert zu sein.

Dass auch die vorletzte Postkarte nicht aus China kam, war leicht zu erkennen. Sie war mit einer deutschen Briefmarke frankiert, das Bild des dicken goldenen Mannes war aus irgendeinem Reiseprospekt herausgerissen und notdürftig über eine Gratispostkarte geklebt worden, eine Ecke hatte sich bereits gelöst, ein Eisbär kam darunter zum Vorschein. Fast alle Karten, die mir mein Großvater in den letzten Wochen geschrieben hatte, waren derart überklebt, manchmal nicht einmal das, einige zeigten Fachwerk, und beim aufgedruckten «Viele Grüße aus dem Westerwald» war das «dem Westerwald» durchgestrichen und handschriftlich durch ein «Schanghai» ersetzt worden.

Natürlich überraschte es mich kaum, dass mein Großvater

China schließlich doch nicht erreicht hatte, achttausend Kilometer, dafür war das Auto einfach zu alt, dafür war auch mein Großvater einfach zu alt, dafür hätte man vor allem auch einen Pass benötigt, und einen Pass hatte mein Großvater ja offenbar nicht dabei, auch keinen Personalausweis, keinen Führerschein, nicht einmal seine Kundenkarte für den Supermarkt, nichts habe man bei ihm gefunden, hatte mir die Frau am Telefon gesagt, nur diese angefangene Postkarte mit meinem Namen darauf. Und warum hatte er die nicht noch fertig schreiben können? Warum hatte er die nicht noch schnell eingeworfen? Dann hätte niemand bei mir angerufen, dann könnte ich ihn mir jetzt vergnügt im Auto vorstellen, wahrscheinlich im Gespräch mit einer attraktiven Anhalterin, die er an irgendeinem Rastplatz mitgenommen hatte, dann müsste ich jetzt nicht so schnell wie möglich in den Westerwald fahren, um meinen Großvater zu identifizieren, dann wüsste ich jetzt nicht, wie wenig nah er China am Ende gekommen war.

China, ausgerechnet China, als ob es die Nordsee nicht gäbe, als ob es den Harz nicht gäbe, nicht Rügen, nicht Frankreich, keinen Gardasee, es musste China sein, China und nichts anderes. «Ich will darüber nicht diskutieren», hatte mein Großvater gesagt, und ich hatte gesagt, das treffe sich gut, weil ich darüber nämlich auch nicht diskutieren wolle, China komme nicht in Frage, und ich verschränkte die Arme, und mein Großvater auch, obwohl er nur noch einen Arm hatte, den rechten, doch den konnte er so geschickt um seinen linken Hemdsärmel wickeln, dass es aussah, als handelte es sich um zwei intakt verschränkte Arme, und dann schauten wir uns lange an, mein Großvater möglichst entschlossen und ich möglichst spöttisch, um ihm zu zeigen, was für eine ganz und gar lächerliche Idee China doch sei, und dann sagte mein Großvater: «Ich sterbe.»

Man darf so einen Satz nicht überbewerten, auch im Nachhinein nicht, auch nicht jetzt, da mein Großvater schon wieder recht behalten hatte. «Du stirbst nicht», sagte ich deshalb, obwohl das natürlich in jedem Fall eine Lüge gewesen wäre, doch ich wollte es als Argument einfach nicht zulassen, ich wollte nicht zu demjenigen gemacht werden, der letzte Wünsche ausschlägt, ich wollte sachlich bleiben, weil ich sachlich betrachtet natürlich im Recht war und China völlig unmöglich, aber Sterbenden gegenüber zählt Rechthaben wenig, das wusste mein Großvater und hatte deshalb auch sicherheitshalber schon früh mit dem Sterben begonnen. Mein Großvater starb nämlich schon, solange ich denken kann, wahrscheinlich sogar länger, und erst kurz vor seinem Tod hat er damit aufgehört. In meinen frühesten Erinnerungen an ihn schaut er mich schon ernst an und sagt: «Bald werde ich nicht mehr da sein», und zeigt dann auf alle möglichen Dinge, die ich nach seinem Ableben erben solle, das Ölbild mit den galoppierenden Pferden, den dolchartigen Brieföffner, den Dreh-Aschenbecher, all das, was man damals bewunderte. Jahre später fand ich heraus, dass er dieselben Gegenstände auch meinen Geschwistern versprochen hatte, mit dem gleichen verschwörerischen Zwinkern, mit dem gleichen «Das bleibt aber unser kleines Geheimnis». Ich habe ihn nie zur Rede gestellt, denn zum einen hatten Bild und Brieföffner längst ihren Reiz verloren, zum anderen war es bereits zur Gewohnheit geworden, auf die Todesankündigungen meines Großvaters nur noch mit einem Nicken zu antworten. Keiner in der Familie widersprach ihm mehr, keiner sagte: «Du wirst bestimmt hundert Jahre alt», weil es immer wahrscheinlicher schien, dass er tatsächlich hundert Jahre alt werden würde. Bei jedem Arztbesuch, dem stets lange Verabschiedungsrituale vorausgingen, wurde die schon fast unheimliche Konstitution meines Großvaters neu bestätigt. Bis vor wenigen Monaten besaß er noch alle eigenen Zähne, bis vor wenigen Monaten brauchte er nur zum Lesen eine Brille, und selbst dabei ließ er sie aus Eitelkeit meist weg, trotz zunächst zahlloser Zigaretten und dann zahlloser Nikotinkaugummis versahen Lunge und Herz noch lange vorbildlich ihren Dienst, und es hätte wohl keinen überrascht, wenn ihm irgendwann der linke Arm wieder nachgewachsen wäre.

Doch dann fiel seinem Körper schließlich doch noch auf, dass dieser Zustand längst nicht mehr seinem Alter entsprach, und innerhalb kürzester Zeit holte er nach, was er zuvor versäumt hatte. Muskeln erschlafften, Arterien verstopften, Gelenke schwollen an, Ohren wuchsen. Von jedem Arztbesuch brachte mein Großvater seitdem ein neues Medikament mit. Lag früher bei den Mahlzeiten mitunter eine halbe Tablette neben seinem Glas, so erstreckte sich die Reihe nun allmählich über die ganze Breite seines Tellers, «Ach ja, mein Nachtisch», sagte er, bevor er sie mit immer zittrigeren Fingern einzeln von der Tischdecke auflas und, den Mund angewidert verzogen, herunterschluckte. Mein Großvater achtete immer genau darauf, dass wir anderen auch ja zuschauten, dass wir genau mitbekamen, was er da auf sich nahm. Vermutlich mit Absicht ließ er manchmal eine Kapsel fallen. «Lass nur», sagte er, wenn jemand von uns sie unter dem Tisch suchen ging, machte aber selbst keine Anstalten, sich zu bücken, und nahm die wiedergefundene Tablette ohne ein Wort des Dankes entgegen.

Und im Grunde war es ja sogar die schwindende Gesundheit meines Großvaters, die den Anlass gab, ihm eine Reise zu schenken. «Wer weiß, wie lange er überhaupt noch reisen kann», hatte mein ältester Bruder gesagt, und uns anderen war nichts Besseres eingefallen, eine Woche über Pfingsten, man würde ein paar Urlaubstage nehmen, gemeinsam würde man das schon durchstehen, aber dann sprang erst meine ältere Schwester ab, angeblich irgendetwas mit einer Projektwoche, und dann mein zweitältester Bruder, angeblich irgendetwas mit einer dringenden Abgabe, und weil es nun ohnehin keine komplette Enkelreise mehr werden würde, schlug meine jüngere Schwester vor zu losen, «Wir müssen uns ja nicht alle die Feiertage versauen», sagte sie, und mein Streichholz war das kürzeste, daran bestand kein Zweifel, und die anderen beiden gaben sich nicht einmal die Mühe, ihre Erleichterung zu unterdrücken, meine jüngere Schwester ballte sogar kurz die Faust, und mein ältester Bruder schlug mir etwas zu fest auf den Rücken. «Kopf hoch», sagte er und meinte es wohl aufmunternd, aber es klang wie ein Befehl. Ob sie das für so eine gute Idee hielten, dass nun ausgerechnet ich mit unserem Großvater wegfahren solle, fragte ich, doch die anderen winkten ab. «Vielleicht ist es wirklich am besten so», befanden sie einhellig, «dann habt ihr endlich mal wieder Zeit füreinander», obwohl es genau das war, wovor ich mich fürchtete.

Es war unmöglich auszumachen, ob sich mein Großvater über unser Geschenk freute, das nun eher zu meinem Geschenk geworden war, auch wenn sich die anderen natürlich an den Kosten beteiligen würden, das sei ja keine

Frage, versicherten sie mir. Er hatte den Gutschein genauso ausdruckslos studiert und dann beiseitegelegt wie all die anderen Geschenke, das gerahmte Familienfoto, den Cognac, den Marilyn-Monroe-Bildband. «Keith unternimmt mit dir eine Reise», erklärte mein zweitältester Bruder, wieder etwas zu laut und etwas zu fröhlich, wie er in letzter Zeit immer mit unserem Großvater sprach. «Wir wären ja gern alle mitgefahren, aber du weißt ja», und mein Großvater wusste natürlich nicht, wie sollte er auch, er fuhr sich unablässig mit der Zunge die Zähne entlang, seitdem er die Teilprothese hatte, machte er das ständig, und schaute meinen zweitältesten Bruder dabei verständnislos an. «Eine Reise wohin?», fragte er schließlich. «Wohin du schon immer mal wolltest», sagte meine jüngere Schwester, und sie hätte es besser nicht gesagt. Denn am nächsten Morgen, noch im Schlafanzug, sagte mein Großvater «China», und am Mittag sagte er es noch immer, und am Abend schon wieder, und als ich ihm Prospekte zeigte, Prag, Masuren, Korfu, schaute er gar nicht hin. «China», sagte er, «Geschenkt ist geschenkt», sagte er und dass er darüber nicht diskutieren wolle, und dann wurde ein Arm verschränkt und das Sterben ins Spiel gebracht.

«Und selbst, wenn du sterben würdest», hatte ich gesagt, «wäre das ein Grund mehr, nicht nach China zu fahren. China ist weit, China ist anstrengend, in China versteht dich kein Arzt», und mein Großvater hatte gelächelt, sein trauriges Lächeln, das ihm keiner so schnell nachmachte, und er sagte leise, dass er es in diesem Fall vorziehen würde, gar nicht wegzufahren, er wünsche mir viel Spaß auf Korfu, und dann vertiefte er sich in seinen Marilyn-Monroe-Band, und ich blieb länger vor ihm stehen, als ich wollte, und sah ihm zu, wie er den Zeigefinger vor dem unglaubwürdig häufigen Umblättern immer wieder zur

Zunge führte. «Wie du willst», sagte ich, um dann schleunigst den Raum zu verlassen, das Haus zu verlassen und mich, so weit es eben ging, zu entfernen.

Es war jetzt früher Nachmittag, das behauptete zumindest der Radiowecker, den ich unter den Schreibtisch gestellt hatte und aus dem ich manchmal, das Ohr an den Lautsprecher gedrückt, leise Musik hörte. Ich selbst hatte das Gefühl für die Tageszeiten längst verloren. Auch tagsüber schlief ich, soviel ich konnte, und war enttäuscht, wenn ich dann feststellte, dass es nur eine halbe Stunde gewesen war.

Ich würde unverzüglich losfahren, hatte ich der Frau am Telefon versprochen, das war vor über fünf Stunden gewesen, und auf ein paar mehr kam es nun wohl auch nicht mehr an. Ich begann, ein paar Sachen zusammenzupacken, viel würde ich nicht brauchen, ich hatte nicht vor, länger zu bleiben. Ein kurzer Blick, das würde reichen, ich nicke, und dann wird mein Großvater wieder zurückgeschoben in die unförmige Kühlwand, das kannte ich alles aus Filmen. Es wird ein großer, kahler Saal sein, das glatte Licht der Neonröhren, die Pathologin trägt natürlich einen weißen Kittel und schaut diskret zu Boden. «Es tut mir sehr leid», sagt sie dann und versucht nicht einmal, das aufrichtig klingen zu lassen.

Und vielleicht wäre es sogar besser, noch eine Nacht abzuwarten, alles ein wenig sacken zu lassen, vielleicht wäre es heute noch zu früh, vielleicht würde ich heute meinen Großvater gar nicht erkennen. Vielleicht hatte ich auch nur Angst, dass er selbst jetzt wieder mit China anfangen würde.

Natürlich war er noch nie in China gewesen, fast nirgendwo war er schon gewesen, wie sich herausstellte, er hatte den europäischen Kontinent niemals verlassen, Deutschland niemals verlassen, war nur einmal der holländischen Grenze recht nahe gekommen und einmal, wohlwollend betrachtet, der dänischen. Er hatte noch nie in einer ausländischen Währung bezahlt, nie jemanden fragen müssen, ob er vielleicht Deutsch verstehe, Fremdsprachen beherrschte er, bis auf wenige, nur ihm verständliche Worte Englisch, keine.

«Und warum ausgerechnet gleich China?», hatte ich ihn am Tag nach seinem Geburtstag am Telefon gefragt. Seit acht Uhr hatte er mich fast pausenlos angerufen, dass ich ausreichend Deodorant einpacken müsse, so was gebe es in China nämlich nicht, dass ich festes Schuhwerk brauche, ob ich gegen Malaria geimpft sei. «Mein Gott, du warst doch noch nicht einmal in Österreich», rief ich, und mein Großvater sagte nichts, sagte lange nichts, so lange, bis ich fragte: «Bist du noch da?»

«Ja», sagte er. «Ich will nicht nach Österreich», sagte er. «Ich habe keine Zeit mehr für Österreich», sagte er, und jetzt war ich es, der schwieg, denn ja, bei genauer Betrachtung wollte auch ich nicht nach Österreich, jedenfalls nicht mit meinem Großvater, bei genauer Betrachtung wollte ich nirgendwo hin mit ihm, auf keinen Berg, an keinen Strand, in keine Wüste, kein Museum, kein Thermalbad, ich wollte nicht unnötig lange in zweisprachigen Speisekarten mit ihm blättern, auf keinen Aussichtspunkten mit ihm schweigen, nicht abends beim Wein lächerlich früh behaupten, dass man vom vielen Laufen ganz erschöpft sei, um ja keine Gelegenheit zuzulassen, in der man endlich einmal wieder Zeit füreinander hatte, und vielleicht war China bei genauer Betrachtung der einzig vernünftige Vorschlag, weil einem dort wahrscheinlich selbst zweisprachige Speisekarten wenig halfen, weil man dort abends beim Reiswein wahrscheinlich tatsächlich erschöpft war, weil es dort nicht so schlimm wäre, sich nicht zu verstehen, weil man auch alles andere nicht verstand, und wahrscheinlich gäbe es dort von allem viel zu viel, nur keine Zeit füreinander, und am Ende wüsste man bestenfalls gar nicht mehr, wofür man die auch hätte gebrauchen können, alles Unausgesprochene zwischen uns hätte sich mit China gefüllt, und mir fiel auf einmal wieder ein, wie ich als Kind ein paar Tage lang geglaubt hatte, dass mein Großvater ein Chinese sei.

Er muss sich mal wieder mit einer meiner Großmütter gestritten haben, welche, weiß ich nicht mehr, jedenfalls war es sehr laut, und irgendwann rief er: «Und ich bin der Kaiser von China.» Sein Amt beeindruckte mich damals weniger als seine Herkunft, und ich erzählte es überall herum, nicht alle glaubten mir. Warum ich dann nicht aussähe wie ein Chinese, wurde ich gefragt, und ich sagte: «Das kommt noch», obwohl ich keine Ahnung hatte, wie Chinesen eigentlich aussahen. Alle gleich, wurde behauptet, und ich stellte mir ein Land vor, in dem es von meinem Großvater nur so wimmelte, in dem in jedem Auto mein Großvater saß, in dem morgens aus jedem Haus mein Großvater trat, sich von meinem Großvater verabschiedete, um seine Kinder, fünf sehr kleine Großväter, zur Schule zu bringen. Ein paar Tage später kam die Wahrheit dann ans Licht. «Du bist kein Chinese», sagte ich zu meinem Großvater. «Wie du meinst», sagte er.

Damals gefiel mir die Vorstellung von einem Land voller Großväter noch, doch jetzt am Telefon erschien sie mir schrecklich, ein einziger reichte mir, ein einziger war mir eigentlich schon zu viel, und darum ging es, nicht um China oder Korfu oder Österreich.

«Bist du noch da?», fragte jetzt er, und jetzt war ich es, der sagte: «Ja, noch bin ich da», dann legte ich auf.

Ich bin mir nicht sicher, mit wie vielen meiner Geschwister ich tatsächlich verwandt bin. Es ist aber davon auszugehen, dass ich mit den meisten von ihnen zumindest einen Elternteil gemeinsam habe. Noch dunkel kann ich mich an die Geburt meiner jüngeren Schwester erinnern, ich war damals vier, und wir besuchten alle gemeinsam meine Mutter im Krankenhaus. «Da seid ihr ja», rief sie mit noch etwas schwacher Stimme, doch später wurde deutlich, dass sie beim Namen meines zweitältesten Bruders lange überlegen musste, und auch meine ältere Schwester betrachtete sie immer so zaghaft, als sei sie sich nicht ganz sicher, dieses Mädchen schon einmal gesehen zu haben.

Ich kann also nur unterstellen, dass es sich bei dieser Frau im Krankenhaus um meine leibliche Mutter gehandelt hat, und außer diesem Leiblichen damals hatten wir nicht viel miteinander zu tun. Schon seit frühester Kindheit wohnte ich bei meinem Großvater, dem ich natürlich auch nur unterstellen kann, dass er mein leiblicher Großvater ist. Es besteht eine gewisse Ähnlichkeit zwischen ihm und meiner Mutter, das Kinn, die kurzen Finger, das muss genügen, allen weitergehenden Fragen wich er stets aus. Als ich einmal ein Foto bei ihm fand, das ihn als jungen Mann mit einem Mädchen auf den Schultern zeigt, fragte ich ihn, ob das meine Mutter sei. Er nahm das Foto, betrachtete es kurz mit zusammengekniffenen Augen, dann gab er es mir zurück und sagte: «Wahrscheinlich.»

Mein Großvater hielt vieles für wahrscheinlich, dass noch Milch da war, dass bald Sommerferien seien, dass in Australien das Wasser verkehrt herum abfließe, er verkroch sich ganz und gar in seine Wahrscheinlichkeiten, manchmal nannte er auch die dazugehörigen Prozentzahlen, ganz sicher könne man sich bei nichts, bei gar nichts sein, belehrte er uns, und wenn einer von uns altklug widersprach: «Außer, dass man stirbt», sagte mein Großvater: «Das ist in der Tat sehr wahrscheinlich.»

Aber eine kleine Restchance schien er selbst dabei noch zu wittern, und in den letzten Monaten, seitdem sein Körper den angemessenen Verfall aufholte, klammerte er sich an diese Restchance mit einer Ausdauer, die man bei ihm sonst nicht vermutet hätte. Sein Ehrgeiz, nicht zu sterben, wurde nach und nach zu einer ausgewachsenen Obsession. Alle paar Tage mussten wir mit ihm zum Friedhof, wo er dann Grab um Grab abschritt und triumphierend «Jünger», «Viel jünger», «Fast gleich alt» rief, und wenn es doch jemand gewagt hatte, erst in gesetztem Alter zu sterben, notierte er sich die genauen Daten, die er dann in die Liste über seinem Schreibtisch übertrug. 79 Jahre 282 Tage, 81 Jahre 6 Tage, 88 Jahre 129 Tage, manche auf der Liste hatte er in den vergangenen Monaten noch überholt, ein paar Namen konnte er noch durchstreichen, dann rief er uns schnell alle zusammen. «Glückwunsch, Großvater», sagten wir im Chor, und er winkte ab: «Danke, aber noch ist nichts erreicht.»

Sein später Wunsch, alle zu überleben, nahm schon bald beängstigende Formen an. Der Tod war nicht nur sein Gegner, er wurde auch mehr und mehr zu seinem Gehilfen, genüsslich las er uns beim Frühstück die Todesanzeigen vor, «Das war ein gutes Wochenende», jedem vorbeifahrenden Krankenwagen sah er hoffnungsvoll nach, er entwickelte eine verdächtige Vorliebe für Katastrophenfilme, und erst in letzter Sekunde konnten wir eines Nachmittags verhindern, dass er die Schildkröte meiner jüngeren Schwester beerdigte. «Sie war klinisch tot, ehrlich», behauptete er, auch wenn sie in der kaum knöcheltiefen Grube sichtlich mit den Beinen zappelte.

Es gab Momente in den vergangenen Monaten, in denen wir uns ernsthaft Gedanken um unsere Sicherheit machten. Wenn einer von uns nur hustete, horchte mein Großvater sofort auf, «Das klingt aber gar nicht gut», und es war nicht Sorge, was da in seiner Stimme mitschwang. Ich bin mir nicht sicher, ob ich mir das alles nur einbildete, aber die Vorfälle häuften sich. Meinem ältesten Bruder schenkte er ständig Wein nach, auch wenn dieser betont hatte, noch fahren zu müssen, meine ältere Schwester berichtete von Kratzspuren am Kabel ihres Föhns, und als ich vor einigen Monaten einen Kasten Wasser die steile Treppe hinunter in den Keller trug, schaltete mein Großvater auf einmal das Licht aus. «Entschuldigung», sagte er, als ich mich umgehend beschwere, machte das Licht aber auch dann nicht wieder an.

Ungefähr zu dieser Zeit begann mein Großvater auch, meine Geschwister und mich zu bezichtigen, ihm nach dem Leben zu trachten. Andauernd stimmte angeblich etwas mit seiner Medikation nicht, andauernd wurde ihm angeblich Butter ins Essen gemischt, obwohl er doch auf sein Cholesterin zu achten hatte, andauernd wurden angeblich von irgendwem Fenster geöffnet, damit er sich den Tod hole. «Aber nicht mit mir, meine Lieben», sagte er dann. «Mit mir nicht.»

Natürlich wusste mein Großvater, dass er sehr wahrscheinlich nicht unsterblich war und es trotz aller Bemühungen und Vorsichtsmaßnahmen auch niemals werden würde. Ich vermute, dass er beharrlich hoffte, irgendwann zu alt zum Sterben zu sein, irgendwann vom Tod einfach vergessen zu werden, so wie man hofft, von der Telefongesellschaft vergessen zu werden, nachdem man alle Mahnungen ignoriert hat und der Anschluss einfach immer weiterfunktioniert, weil niemand mehr weiß, dass man ihn überhaupt noch besitzt.

Und in der Tat ist es schwer vorstellbar, dass er nun tatsächlich tot sein soll, dass er sein Leben vollständig zu Ende gebracht hat, weil er sonst nie etwas zu Ende brachte. Früher, als es noch Großmütter gab, manche im passenden Alter, manche nur wenige Jahre älter als wir, hatten sie ihn, eine nach der anderen und in fast identischen Worten, immer wieder dazu aufgefordert, doch in aller Herrgottsnamen endlich einmal etwas fertig zu machen, die Steuererklärung, die seit Jahren unbeabsichtigt zweifarbige Pergola, das Puzzle auf dem Wohnzimmertisch, das uns schon gar nicht mehr auffiel, oder zumindest den Namen für die Katze. «Friedrich oder Vincent» steht bis heute auf ihrem Holzkreuz im Garten.

Mein Großvater nickte dann stets einsichtig, sortierte ein paar Quittungen oder legte einen Puzzlestein an, dann suchte er sich schnell eine neue Aufgabe, die verkalkte Kaffeemaschine, das verhedderte Telefonkabel, Glückwunschkarten für noch längst nicht nahende Geburtstage, irgendetwas, von dem er behaupten konnte, dass es nun wirklich dringender sei.

Und weil mein Großvater natürlich auch diese neuen Tätigkeiten nicht zu Ende führte und sich als Ausrede dafür noch neuere suchen musste, bestand das ganze Haus, das ganze Leben meines Großvaters aus Anfängen, überall stieß man auf aufgeschlagene Bücher, auf angebissene Brötchen, einzelne Schuhe, hörte Geschichten, die mitten im Satz, mitten im Wort abbrachen, immer noch standen die Namen fast aller vergangenen Großmütter auf unserem Briefkasten, und manchmal, wenn er angekündigt hatte, jetzt schlafen zu gehen, traf man ihn eine halbe Stunde später mitten im Flur stehend an. «Ich bin auf dem Weg», sagte er dann schnell.

Wo ich denn bleiben würde, fragte die Frau aus dem Krankenhaus auf meinem Anrufbeantworter. Ihre Stimme war angestrengt freundlich, im Hintergrund hörte ich etwas, das wie eine Säge klang, aber ich hoffte, mir das nur einzubilden. Sie selbst sei noch bis achtzehn Uhr da, sagte sie, der Nachtdienst wisse aber Bescheid. Und den Pass meines Großvaters sollte ich natürlich mitbringen, oder seinen Ausweis, die Geburtsurkunde, irgendein offizielles Dokument eben. Bevor sie auflegte, sagte sie noch: «Dann bis hoffentlich gleich», das letzte Wort sang sie fast, als wären wir zu einem Abendessen verabredet, auf das sie sich schon lange freute.

Von der Reiseauskunft erfuhr ich, dass die Fahrt in das westerwäldische Kaff achtzig Minuten dauern würde, einmal umsteigen, erst Regionalexpress, dann Regionalbahn. Gut zwei Wochen war mein Großvater unterwegs nach China gewesen, und nun war nicht einmal ein Zuschlag erforderlich. Die Züge fuhren alle zwei Stunden, auch danach hatte ich mich erkundigt. «Danke», hatte ich gesagt, war wieder zurück unter den Schreibtisch gekrochen und hatte die Postkarten aus dem Stapel gesucht, die mein Großvater mir seit seiner Abreise geschrieben hatte. Ich fand elf davon, ohne zu wissen, ob das alle waren, ohne mich an ihre Reihenfolge zu erinnern. Ich suchte irgendeinen Hinweis, doch alles blieb unleserlich, nur einzelne Worte, Teilsätze, die mich in ihrer Zusammenhanglosigkeit ärgerten, «Styropor» ärgerte mich, «Vorspeisenteller» ärgerte mich, «aber wieder ein gutes Körpergefühl» ärgerte mich besonders, damit war nichts anzufangen, das interessierte mich alles nicht.

Ich wusste nicht genau, nach was für einem Hinweis ich suchte, aber mein Großvater hatte doch wissen müssen, dass er es nicht bis nach China schaffen würde, dass er ohne Ausweis schon von Glück hätte sagen können, überhaupt Österreich zu erreichen, und ein Ausweis war ja bei ihm nicht gefunden worden, den hatte er wohl nicht für nötig erachtet. Ganz gleich wie stur er sich manchmal stellte, hatte er doch einfach wissen müssen, dass er auf diese Weise nicht weit kommen würde, und wenn es nicht der Westerwald geworden wäre, dann halt irgendein anderer Wald, irgendeine andere Kreisstadt, irgendetwas, das mit China beim besten Willen nicht verwechselt werden konnte, und China war dann ja irgendwann keine Frage mehr gewesen, auch wenn er davon nichts hatte hören wollen. «Natürlich fahren wir», hatte er immer wieder gesagt, manchmal auch mehrfach hintereinander, manchmal so leise, dass es gar nicht an mich gerichtet sein konnte.

Immer panischer flackerten in den letzten Jahren seine Augen, wenn man ihm widersprach, und immer schneller bekam dann sein Blick so etwas Kaltes und Starres, dass sich keiner von uns traute, ihn direkt anzusehen. Nie ist er wirklich gewalttätig geworden, nur selten ging Geschirr zu Bruch, meist schlang er seinen rechten Arm gleich mehrfach um den linken Ärmel, wohl um Schlimmeres zu vermeiden, und wir verließen so schnell es ging das Zimmer.

«Großvaters Launen», wie wir sie beschwichtigend nannten, waren stets gefolgt von langen Phasen des Schweigens, des Starrens, der Bewegungslosigkeit. Zusammengesunken saß er im Sessel und antwortete auf unsere vorsichtigen Fragen höchstens mit einem «Hm», das man nur an der Tonlage als Ablehnung oder Zustimmung interpretieren konnte. Den gemeinsamen Mahlzeiten blieb er in diesen Tagen fern, und was als Reue ausgegeben wurde, sollte wohl vor allem unser Mitleid erregen. «Du musst doch mal was essen», sagten wir dann auch bereitwillig und taten besorgt, obwohl es ausreichend Anzeichen dafür gab, dass er sich, sobald wir außer Sichtweite waren, Brote schmierte oder sich unserer Reste annahm.

Mein Großvater selbst war, entgegen seinen eigenen Behauptungen, kein großer Koch. Meist mäkelte er an den Gerichten herum, die unsere Großmütter oder wir zubereitet hatten, würzte, noch bevor er überhaupt probiert hatte, alles großzügig nach und erzählte dann das ganze Essen über davon, wie er uns bald einmal ein Geschnetzeltes oder einen Tafelspitz zubereiten werde, bei dem wir, wie er es formulierte, «mit den Ohren schlackern» würden. Dazu kam es selbstverständlich nie. Einmal gab er uns eine lange und penible Einkaufsliste mit, doch als wir vom Supermarkt zurückkamen, war er unauffindbar und blieb es, bis er sich am Abend kommentarlos an den fertig gedeckten Esstisch setzte.

Wenn Besuch da war und das Essen lobte, sagte er schnell als Erster «Danke», womit er, wenn man ihn später zur Rede stellte, angeblich für uns alle hatte sprechen wollen. Sonst aber war mein Großvater im Beisein anderer Menschen wie verwandelt. Er redete zwar immer noch viel, aber leiser als sonst, und oft hatte es mit dem gerade behandelten Thema zu tun, er stellte Fragen und wartete die Antworten ab, er lachte aufrichtig, auch über die Witze anderer, er erkundigte sich nicht scheinheilig, ob man «das etwa nicht mehr esse», um dann mit der Gabel über den Tisch zu langen und sich von unseren Tellern zu bedienen. Man musste ihn sogar wohl oder übel charmant finden, zumindest, wenn es sich bei den Gästen um Frauen handelte, erst recht, wenn es sich um junge Frauen handelte, und ganz besonders bei jungen Frauen, die ich eingeladen hatte.

Was mein Großvater doch für ein reizender Mann sei, musste ich mir oft genug anhören, wie unterhaltsam er doch sei, musste ich mir anhören, jung geblieben, aufmerksam und Gentleman musste ich mir anhören, mitunter sogar sexy. Wenn diese jungen Frauen wiederkamen, roch es schon nachmittags nach Großvaters Eau de Cologne, dann wechselte er oft noch mehrfach das Hemd, dann hatte er manchmal sogar kleine Aufmerksamkeiten besorgt, das Buch, für das die junge Frau beim letzten Mal aus Höflichkeit Interesse vorgetäuscht hatte, einen kleinen Porzellanelefanten, wenn sie erwähnt hatte, dass sie Tiere mochte, bei wiederholten Treffen manchmal sogar eine Brosche, die angeblich mit der Augenfarbe der jungen Frau harmonierte.

Je öfter die jungen Frauen zu Besuch kamen, desto weniger Gelegenheiten ließ mein Großvater aus, mich vor ihnen lächerlich zu machen. Das fing mit harmlosen Kindergeschichten an, zog sich weiter zu unvorteilhaften Fotos aus der frühen Pubertät bis hin zu absonderlichen Lügengeschichten, dass ich noch immer «hin und wieder» ins Bett machen würde zum Beispiel oder dass ich als Kind auffallend häufig die Kleider meiner Schwestern getragen hätte. Es konnte passieren, dass bei romantisch geplanten Verabredungen im Kino oder Café auf einmal mein Großvater neben uns saß, scheinbar zufällig war er dazugestoßen, «Ich störe doch hoffentlich nicht», was sich nur dadurch erklären ließ, dass er mir heimlich gefolgt war. Immer ausgeklügelter wurden meine Ablenkungsmanöver, immer unverständlicher flüsterte ich die Verabredungen ins Telefon, immer hektischer blickte ich mich bei den romantischen Treffen um, sodass es häufig die letzten Treffen blieben.

Kein Wunder, dass ich irgendwann aufhörte, überhaupt noch Frauen mit nach Hause zu bringen, dass ich auch jede nähere Bekanntschaft mit ihnen verheimlichte, was aber nur dazu führte, dass mein Großvater glaubte, ich leide an Vereinsamung, und andauernd etwas mit mir unternehmen wollte. «Heute Abend gehen wir ins Theater, nur wir beide, wie früher.» So begeistert brachte er die Idee vor, dass er meine Ablehnungsversuche gar nicht zur Kenntnis nahm. «Du liebst doch das Theater», sagte mein Großvater, auch wenn das ganz und gar nicht stimmte. Es war mein Großvater, der das Theater liebte oder zumindest behauptete, es zu lieben, mit lauter Stimme deklamierte er immer die einzige Stelle aus dem Faust, die er auswendig kannte, «Von Zeit zu Zeit seh ich den Alten gern». «Goethe», rief er, «Goethe trank täglich fünf Liter Wein. Ein Genie», und wenn ich dann abends neben ihm saß, im Kreidekreis, im Kirschgarten, auf Tauris, schlief er spätestens nach dem doppelten Pausensekt, «Trinkst du deinen noch?», ein und schreckte erst zum Schlussapplaus wieder hoch, nicht selten mit einem Speichelfaden im Mundwinkel, stets richtete er sich, noch etwas benommen, zu einer einsamen Standing Ovation auf und rief so laut «Bravissimo», dass ich schon einmal zur Garderobe vorging.

Nach dem Theater sollte ich ihm dann immer eine Kneipe zeigen, eine «Szenekneipe», wie er spezifizierte, doch da ich keine Ahnung hatte, was er sich darunter vorstellte, gingen wir immer in «Pete's Metal-Eck», wo er sichtlich eingeschüchtert ein halbes Bier aus der Flasche trank und nach jedem Schluck lange das Etikett betrachtete. «Ich bin müde», sagte ich irgendwann aus Mitleid, und er nickte erleichtert.

Auf dem Heimweg wurde er dann doch noch sehr beschwingt. Wie schön so ein Abend nur mit uns beiden sei, sagte er, «Ja, Großvater», dass man da endlich mal zum Reden komme, «Wie man's nimmt, Großvater», dass ich doch mal wieder eines meiner Mädchen mit nach Hause bringen solle, «Da gibt es gerade kein Mädchen, Großvater», dass ich ihn auch in solchen Dingen immer um Rat fragen könne, «Danke, Großvater», dass er glaube, wir hätten, was Frauen angeht, in etwa den gleichen Geschmack, «Gut möglich, Großvater». Wie gut das möglich war, konnten wir damals noch nicht ahnen. Erst ein paar Jahre später lernten wir Franziska kennen, die, bevor sie meine Geliebte wurde, meine letzte Großmutter gewesen war.

«Und, wohin fahrt ihr?», hatte mich Franziska gefragt, nachdem ich sie am Abend nach dem Geburtstag meines Großvaters überredet hatte, doch noch bei mir vorbeizukommen. «Jedenfalls nicht nach China», sagte ich. «Da bleibt ja noch einiges übrig», sagte sie, schaute auf ihr Handy, um die Uhrzeit zu überprüfen, und suchte in der Tasche nach dem Autoschlüssel. «Ich muss los», sagte sie dann viel zu früh, und an der Tür sagte ich noch «Fahr vorsichtig» und meinte etwas anderes, und sie lächelte nur müde, und ich schloss die Haustür leise und erst nachdem das Motorengeräusch längst nicht mehr zu hören war.

In der Nacht zuvor war Franziska plötzlich aufgesprungen. «Was mache ich hier?», hatte sie gesagt und sich hastig angezogen, und ich hatte mich verschlafen im Bett aufgerichtet, dass ich das auch gerne wüsste, sagte ich, sie solle sich besser schnell wieder hinlegen, und Franziska blickte mich zornig an. «Ich könnte deine Mutter sein», rief sie und suchte ihre Stiefel, die sie vor einigen Stunden achtlos irgendwo hingeworfen hatte. «Das bist du aber nicht», sagte ich. Weil ich mir in meiner Familie aber der wenigsten Dinge sicher sein konnte, fragte ich: «Oder etwa doch?», und Franziska lachte auf. «Gott bewahre», sagte sie, «auch wenn das die Sache kaum schlimmer machen würde.» Sie könne dieses Durcheinander gerade nicht gebrauchen, sagte sie noch. «Wirklich nicht», sagte sie, dann hatte sie ihre Stiefel gefunden, zog sie mit beiden Händen bis zu den Knien hoch und sah mich an. «Willst du mich nicht aufhalten?», fragte sie, und ich überlegte kurz, ob ich das wollte, ob ich dieses Durcheinander eigentlich gebrauchen konnte und ob ohne Franziska alles überhaupt weniger durcheinander wäre. «Doch, das will ich», sagte ich schließlich, als Franziska bereits in der Tür stand, «Dann beeil dich», sagte sie und lief aus dem Haus, und ich versuchte sie noch einzuholen, aber als ich die Straße erreichte, saß sie bereits im Auto. Nackt und fröstelnd stand ich auf dem kühlen Asphalt, Franziska ließ die Scheibe runter. «Schade, das war knapp», sagte sie, und ich fragte mich, wie ich sie hätte aufhalten sollen, wie um Himmels willen ich mich jemals so beeilen könnte, wie Franziska sich das vorstellte, weil niemand so schnell war wie sie, immer wartete sie auf einen, immer drehte sie sich nach einem um, immer beendete sie die Sätze für einen, weil sie nicht nur schneller sprach, sondern auch schneller hörte als andere, sie hörte Dinge, die noch gar nicht gesagt worden waren, manchmal noch nicht einmal gedacht.

«Was weiß ich», antwortete sie auch jetzt, ohne dass ich etwas laut gesagt hätte, und ließ die Scheibe wieder hoch. «Mach mir doch einen Heiratsantrag», sagte sie dann, lachte halbherzig und fuhr los, in ihrem gewohnten Tempo, die Reifen quietschten in der Kurve, das Geräusch kannte ich gut, genau wie das verzögerte Schalten auf der Querstraße, und als es dann ausklang, blieb ich trotzdem noch dort stehen, die Arme vor der Brust verkreuzt, als ob das vor irgendetwas schützen würde, und natürlich war ich nicht erleichtert, natürlich war nichts geordneter, nun, da sie offenbar fort war, denn das Durcheinander mit Franziska war noch recht übersichtlich, verglichen mit all dem, was ich von meiner Familie gewohnt war, und am nächsten Tag zog ich dann das kürzeste Streichholz, und mein Großvater sagte: «China», und von Übersicht konnte keine Rede mehr sein.

Wenn man, was selten ratsam war, den Erzählungen meines Großvaters Glauben schenkte, war Franziska immer schon schnell gewesen. Sechs aufeinanderfolgende Jahre, so behauptete er, war sie Jugendmeisterin im Sprint, irgendein Rekord in ihrer damaligen Altersklasse sei bis heute ungebrochen. Ich wusste nicht, ob das wirklich stimmte, konnte es mir aber gut vorstellen.

Von Anfang an ging es ihr angeblich nicht rasch genug, zwei volle Monate ist sie zu früh auf die Welt gekommen, lernte dennoch, laut meinem Großvater, im ersten Lebensjahr laufen und sprechen, Franziska wurde vorzeitig eingeschult, um dann noch zwei Klassen, ich glaube, die sechste und die elfte, zu überspringen. Mein Großvater hatte vergessen, in wie viel Semestern sie ihr Jurastudium absolviert haben soll. «Es war jedenfalls eine lächerlich kleine Zahl», sagte er und lächelte stolz.

Wenn ich sie selbst auf ihre Vergangenheit ansprach, wich sie meist aus. «Die ist immer schon so lange her», behauptete sie dann, kniff die Augen ein paarmal zusammen und wechselte das Thema.

Der Stempel der vorletzten Postkarte meines Großvaters war nicht viel leserlicher als seine Handschrift. Ein Briefzentrum, das mir ohnehin nichts sagen würde, ein Datum, der 18. oder 19., aber auch darauf kam es nicht mehr an, zweifellos hatte er zu diesem Zeitpunkt noch gelebt, und zweifellos lebte er jetzt nicht mehr, und fast ebenso zweifellos hatte er das nicht wissen können, nichts sprach also dafür, dass auf der Karte Entscheidenderes mitgeteilt wurde als auf den zahllosen anderen. Andauernd diese Postkarten, auch früher schon, als wir noch zusammen drüben im Haus wohnten. Unfrankiert warf er sie in unseren Briefkasten, um sie dann mit einem triumphierenden «Post für dich, Keith» zu mir an den Frühstückstisch zu bringen. Selbst nach meinem Auszug ins Gartenhaus hörte das mit den Karten nicht auf, mitunter mehrfach die Woche erreichten mich welche, inzwischen ordnungsgemäß per Post verschickt, obwohl es natürlich viel einfacher gewesen wäre, sie schnell selbst bei mir einzuwerfen, aber stillschweigend hatten wir vereinbart, die paar Meter Luftlinie zwischen uns als ernstzunehmende Distanz zu betrachten. Auf den Karten waren meist Luftaufnahmen unserer Stadt zu sehen, er kaufte sie in aufklappbaren Zehnerpacks, die Perforierung war an den Rändern deutlich zu erkennen, hin und wieder entschied er sich auch für eine Kunstpostkarte, zerfließende Uhren oder Schwarz-Weiß-Fotografien von nackten Rücken oder bekleideten Wäscheleinen. Ich machte mir nicht jedes Mal die Mühe, sie zu lesen.

Es waren aber nicht nur die Karten, die mir bei meinen Geschwistern den zweifelhaften Ruf des «Goldjungen» einbrachten. Als «Großvaters Liebling» beschimpften sie mich, als «Stammhalter» und «Augenstern». Mir selbst war die jahrelange Bevorzugung meist unangenehm. Zuvor hatte bei uns eine Art doktrinärer Gerechtigkeit geherrscht, deren Einhaltung im besten Fall ermüdend, im schlimmsten Fall gesundheitsgefährdend war. Zu Weihnachten bekamen wir alle exakt das Gleiche geschenkt, zu den Geburtstagen ebenfalls, obwohl es sich in dieser Zeit ohnehin, um selbst zwischenzeitliche Bevorzugungen zu vermeiden, nur noch um einen, den sogenannten

«Familiengeburtstag» handelte, der in größtmöglichem Abstand zum Weihnachtsfest auf den 24. Juni gelegt worden war. Gegen eine einheitliche Kleidung wehrten wir uns erfolgreich, aber dennoch achtete mein Großvater genau darauf, dass unsere Garderoben aus derselben Anzahl von Teilen bestanden und, so gut sich das bewerkstelligen ließ, gleich teuer waren, die Preisdifferenz wurde den Benachteiligten umgehend ausgezahlt.

Unangenehm wurde es, als meine jüngere Schwester ihre ersehnten Ballettstunden gewährt bekam und wir daraufhin alle am Unterricht teilnehmen mussten. Noch unangenehmer war die langwierige Mittelohrentzündung meines zweitältesten Bruders, bei der die Antibiotika gerecht unter uns aufgeteilt wurden. Zu Knochenbrüchen kam es in dieser Zeit glücklicherweise nicht.

Doch je älter wir wurden, desto heftigeren Widerstand leisteten wir gegen die Bemühungen meines Großvaters, bloß niemanden zu benachteiligen. Auch die Pubertät, in die meine älteren Geschwister bereits geraten waren, sorgte für biologische Ungerechtigkeiten, für die mein Großvater keinen Ausgleich finden konnte. So bleibt unklar, ob er uns schließlich aus Resignation oder tatsächlichem Umdenken zu einer der damals noch regelmäßig abgehaltenen Familiensitzungen zusammenrief und uns erklärte, seine Energie reiche leider nicht aus, sich uns allen gleichmäßig zu widmen, weshalb er beschlossen habe, sich vornehmlich um mich zu kümmern, um am Ende nicht mit lauter Mittelmaß dazustehen. «Das heißt aber nicht, dass ich euch nicht alle gleich lieb habe», betonte er, und wir mussten schwören, ihm zu glauben.

Warum seine Wahl auf mich gefallen war, verriet er mir erst Jahre später und ohne dass ich danach gefragt hätte. Meine älteren Geschwister, so sagte er, seien einfach schon zu alt gewesen, um da noch «grundsätzlich etwas geradebiegen zu können», und meiner jüngeren Schwester habe er ohnehin nie ganz über den Weg getraut. «Sie schlägt aus der Art», sagte er mit einem fast ängstlichen Flüstern, als ob es bei uns überhaupt irgendeine Art gab, aus der man hätte schlagen können.

Seit der Familiensitzung damals nahm er mich jedes Wochenende mit zu einem kleinen Ausflug, in den Zoo, ins naturwissenschaftliche Museum, in endlos scheinende Klavierkonzerte, und erzählte dann beim Abendessen ausführlich von unseren Erlebnissen, während ich stumm, die Blicke meiner Geschwister sorgfältig meidend, auf meinen Teller starrte. Er half mir geduldig bei den Hausaufgaben, und jeder gut benotete Aufsatz wurde, auch wenn er hauptsächlich von ihm stammte, mehr zur Mahnung für die anderen als zur Belohnung für mich, an den Kühlschrank geheftet.

Später dann die Spaziergänge. «Du bist etwas ganz Besonderes», «Aus dir wird mal was», «Du wirst mich nicht enttäuschen, Keith, das weiß ich einfach.» Als ich mit acht Astronaut werden wollte, schenkte er mir ein Teleskop, als ich mit zehn Geheimagent werden wollte, ließ er mich verschiedene Kampfsportarten lernen, und wir bauten in den Zimmern meiner Geschwister versteckte Abhöranlagen ein, als ich mit dreizehn dann Filmstar werden wollte, schleppte er mich von Casting zu Casting, in einer längst wieder abgesetzten Fernsehserie renne ich mit anderen Kindern eine Straße entlang, das war mein einziger Auftritt. «Du rennst am besten, keine Frage», sagte mein Großvater, aber da war mir das schon nicht mehr so wichtig.

Ab meinem vierzehnten Lebensjahr wollte ich dann gar nichts mehr werden, und mein Großvater suchte meine Passionen für mich aus. Architektur, Pyrotechnik, «irgendetwas mit Computern», die ungelesenen Bücher dazu füllen noch immer ganze Regale. «Du bist eben vielseitig interessiert», beschloss mein Großvater, und ich widersprach ihm nicht.

Von all diesen Sonderbehandlungen blieben aber die Postkarten am unangenehmsten, besonders in den letzten Wochen, als mein Großvater mehr als genug Gründe hatte, mir keine mehr zu schicken, wenn ich mir auch nicht ganz sicher war, ob er diese Gründe kannte.

Manchmal bedankte ich mich bei ihm für die Karten, doch selbst schickte ich nie eine an ihn ab, immer wieder versuchte ich es, immer wieder schrieb ich «Lieber Großvater», manchmal noch «Vielen Dank für Deine Karte», aber dann geriet alles ins Stocken, nichts drängte sich als Folgesatz auf, nichts schien mitteilenswert, und die angefangenen Postkarten stapelten sich in meinen Schubladen, viele schon fertig adressiert, manche bereits mit Briefmarken versehen, deren Wert oder Währung mitunter nicht mehr gültig war. Warum ich die Karten nie wegwarf, weiß ich nicht, vielleicht hielt ich es für Verschwendung, sie waren schließlich fast unbenutzt, vielleicht wollte ich mir auch nur mein Scheitern nicht eingestehen: dass es mir in all den Jahren nicht einmal gelungen war, ein paar belanglose Sätze an ihn zu richten, dass ich mir einredete, der Platz auf einer

Postkarte reiche einfach nicht aus für das, was ich glaubte ihm sagen zu wollen, auch wenn ich nicht genau wusste, was das war und welcher Platz dafür wohl angemessen wäre.

Und jetzt, da aller Platz der Welt nicht ausreichen würde, weil neben der Briefmarke auch der Adressat keine Gültigkeit mehr besaß, zog ich eine der angefangenen Postkarten aus der Schublade.

Lieber Großvater,

stand da bereits, in viel zu großer Schrift, wohl in der Hoffnung, schon mit der Anrede einen beträchtlichen Teil des angeblich doch zu knappen Platzes auszufüllen, was wenig geholfen hat, denn noch immer waren gut vier Fünftel der Karte leer. Und auf einmal wollte ich diesen Leerstand nicht mehr dulden, auf einmal schien er mir mehr als ein Scheitern zu sein, denn vielleicht hatte der Platz immer gereicht, vielleicht war er sogar immer zu groß gewesen, vielleicht hatte es tatsächlich nie mehr zu sagen gegeben als «Lieber Großvater», vielleicht wäre schon das «Lieber» übertrieben gewesen, und vielleicht hätte ich all die Karten so abschicken sollen, wie sie waren, weil das immerhin den Gegebenheiten entsprochen hätte, aber nun hatte ich es mit anderen Gegebenheiten zu tun, mit abgeschlossenen, mit übersichtlichen, und ich nahm einen Stift und schrieb unter die Anrede

du bist tot.

Meine Schrift hatte sich in den Jahren zwischen den beiden Zeilen kaum verändert, damals hatte ich einen schwarzen Stift benutzt, nun einen blauen, weitere Unterschiede gab es nicht. Ich schrieb noch

Viele Grüße,
Keith

und starrte dann lange auf die sechs neuen Worte. Mehr würden es nicht werden.

In den ersten Tagen unter dem Schreibtisch hatte das Telefon so gut wie nie geklingelt, nun hörte es fast gar nicht mehr damit auf, andauernd ertönte meine eigene Stimme auf dem Anrufbeantworter, andauernd hielt ich den Atem an, weil ich mir auf einmal nicht mehr sicher war, ob das Gerät nicht vielleicht doch alle Geräusche übertrug, und weil ich fürchtete, mein Versteckspiel könnte durch so einen dummen technischen Fehler auffliegen.

Jetzt war es Franziska. Vor zehn Tagen schon hatten ihre Anrufe begonnen, damit war zu rechnen gewesen. «Ich bin es. Wo steckst du?», «Franziska hier, ruf mich bitte zurück!», «Du bist doch wohl nicht wirklich in China?», «Hallo? Ach, Scheiße», manchmal sagte sie auch gar nichts, man hörte nur ihre Schritte, auf Parkett, auf Linoleum, auf Kopfsteinpflaster, so eilig, dass sie nur von Franziska stammen konnten.

«Das wird langsam albern», sagte sie diesmal und fügte dann etwas leiser hinzu: «Ich muss dich dringend sprechen, Keith.»

Franziska hatte mich nie zuvor mit meinem wirklichen Namen angesprochen. Das war das Erste gewesen, was sie mir versprach, das Erste, was sie überhaupt jemals zu mir sagte.

«Das ist Franziska. Ihr werdet euch jetzt öfter sehen», hatte mein Großvater gesagt, als er sie zum ersten Mal mit zum Abendessen brachte, und wir versuchten uns ihren Namen zu merken, auch wenn wir uns über das «öfter» bei Großvaters Frauen nie ganz sicher sein konnten. Franziska ging reihum den Tisch entlang und gab jedem von uns die Hand. «Keith», sagte ich, als sie zum Schluss bei mir angekommen war. «Echt?», fragte sie, ich nickte, und Franziska strich mir Anteil nehmend über den Arm. «Ich werde dich nie so nennen.»

Von da an nannte sie mich «Kapunkt», manchmal «Mick», wenn sie mich ärgern wollte, hin und wieder auch «Dingens», was sie lustiger fand als ich. Und als sie nun «Ich muss dich dringend sprechen, Keith» sagte, erschreckte mich das gebrochene Versprechen mehr als das, was da angeblich so dringend sein könnte. Die Frau aus dem Krankenhaus hatte schließlich auch etwas von «dringend» gesagt, und auch meine Geschwister sagten andauernd «dringend», «Das brauche ich dringend wieder», «Das Auto sollte dringend in die Werkstatt», «Du musst dich wirklich dringend melden, sobald ihr in China angekommen seid», aber in all dem Unübersichtlichen konnte ich einfach nicht ausmachen, was davon tatsächlich dringend war, was davon sehr dringend war, was davon sogar unaufschiebbar war und was, wenn ich nur lang genug wartete, vielleicht schon weniger dringend sein würde, weil es dann ohnehin schon zu spät war.

Und je länger ich mein Versteck unterm Schreibtisch bewohnte, desto größer wurde die Versuchung, doch einmal den Hörer abzunehmen, «Hallo, Franziska» zu sagen, «Ja, jetzt bin ich wieder zurück» zu sagen oder sogar: «Nein, ich bin nicht wieder zurück, weil ich nämlich nie woanders war.» Es täte in dieser Unübersichtlichkeit gut, mal kurz mit jemand anderem zu sprechen als mit mir selber, es täte auch gut, endlich einmal wieder die Wahrheit zu sagen, aber dieser Versuchung durfte ich nicht nachgeben, allzu leicht steigert man sich da sonst hinein, und dann fliegt alles auf oder bricht zusammen, und einen Moment lang wäre ich wohl erleichtert, bevor mir klarwerden würde, dass ich dann trotzdem alles erklären müsste. Erklärungen schuldete ich so oder so, dann konnten es genauso gut welche sein, bei denen ich mir nicht von allen Seiten Vorwürfe anhören müsste, bei denen nicht nur mit fassungslosem Kopfschütteln zu rechnen war, mit Geschrei und vielleicht mit Tränen, wahrscheinlich sogar mit ernüchtertem Schweigen. Wenn ich um die Erklärungen schon nicht herumkam, dann konnten es genauso gut welche sein, mit denen am Ende alle zufrieden waren.

Peking, den 15. Mai

Meine Lieben,

gestern sind Großvater und ich nach 15 Stunden und 25 Minuten Flugdauer in Peking gelandet. Der Flug verlief ruhig, auch wenn Großvater mehrfach das Kabinenpersonal auf angebliche Geräusche aufmerksam machte. Er schlief erst ein, nachdem ihm der Kapitän persönlich versichert hatte, dass er auch bei Dunkelheit problemlos weiterfliegen könne. Vom Capital Airport sind wir dann die 27 Kilometer ins Zentrum mit dem Taxi gefahren, was ungefähr 85 Yuan gekostet hat. Großvater hat sich während der Fahrt nach dem Namen fast jedes Gebäudes erkundigt, an dem wir vorbeifuhren, der Taxifahrer verstand jedoch kein Deutsch, auch kein sehr lautes, und bald gab Großvater dann auf, sagte immer mal wieder «Na ja» oder «Das wird halt auch irgendwas sein» und kaute dabei auf seinem Nikotinkaugummi herum.
Wir wohnen im «Bamboo Garden», einem gemütlichen und ruhigen Hotel. Die Angestellten sind nicht ganz so zuvorkommend wie gewünscht, das liege aber auch an der Kultur, erklärte mir Großvater. Die Räume sind geschmackvoll dekoriert, Ming-Möbel, ein kleines, aber sauberes Bad, vor dem Fenster viel Grün, allerdings, sagt Großvater, werde das typische Altstadtgassen-Flair etwas eingeschränkt durch den modernen Wohnblock direkt gegenüber. 680 Yuan zahlen wir für das Zimmer, ein mittlerer Preis, das haben wir verglichen.

Am Abend sind Großvater und ich nur noch ein wenig durch Dongcheng spaziert (so heißt der Stadtteil, in dem wir wohnen), vorbei an der Östlichen Kirche mit ihrem quadratischen Vorplatz bis hinauf auf den Gipfel des Jingshan-Parks, von wo aus wir das prachtvolle Panorama der Hauptstadt und einen majestätischen Blick auf die roten Dächer der Verbotenen Stadt genießen konnten. In diesem Park hat sich angeblich auch der letzte Ming-Kaiser erhängt, als die Rebellen die Stadtmauer erstürmten. Großvater war sehr ergriffen von dieser Geschichte. Nur so ein paar Rebellen, und zack – eine ganze Dynastie gehe zu Ende, sagte er kopfschüttelnd.

Abends waren wir im «Baguo Buyi» essen, einem gleichermaßen günstigen wie beliebten Sichuan-Restaurant, das im prächtigen Stil einer chinesischen Herberge gehalten ist. Das Ambiente hatte durchaus Charakter und viel von einem Theater. Großvater wählte *zhacai rousi*, ein frittiertes Schweine- oder Rinderfilet mit braunem Senf, ich entschied mich für *ganshao yan li*, geschmorten Karpfen mit Schinken in süß-scharfer Soße, der Großvater besser schmeckte als sein eigenes Gericht, also tauschten wir nach ein paar Bissen.

Nur das mit den Stäbchen war ein Problem. Dass sie diesen Hokuspokus doch nur für die Touristen veranstalteten, behauptete Großvater, damit esse doch seit Jahrhunderten niemand mehr. Auch als ich ihm zeigte, dass all die anderen Gäste, fast ausschließlich Chinesen, klaglos und geschickt ihre Gerichte mit Hilfe dieser angeblich «vorsintflutlichen» Bestecke zu sich nahmen, winkte er ab. Touristen, sagte er, alles Touristen.

Ich bestellte ihm schließlich Messer und Gabel, und jedes Mal, wenn mir ein Bissen zurück in die Schale fiel, lachte er höhnisch und erhob sein Glas: «Auf die Zivilisation.» Großvater schläft jetzt, ich habe noch ein Internetcafé gesucht, aber keines gefunden, eines nach dem anderen schließt hier in Peking angeblich, deshalb schreibe ich Euch dies per Hand und schicke es, sobald es geht. Alles Liebe, K.

Meine Geschwister hatten natürlich leicht reden gehabt, geradezu großzügig gaben sie sich, denn nun würde schließlich alles etwas teurer als geplant, aber sie seien nach wie vor dazu bereit, die Reisekosten gerecht aufzuteilen, selbst den Anteil meiner jüngeren Schwester, die sich das schließlich nicht leisten konnte, würden die Älteren übernehmen, «China», sagten sie mit leuchtenden Augen, und dass ich echt ein Glückspilz sei, sie alle hätten angeblich schon lange davon geträumt, mal dorthin zu fahren, und es wurden Dinge gesagt wie «spannend» (mein ältester Bruder), wie «anregend» (meine ältere Schwester), wie «mal was anderes» (meine jüngere Schwester), und ich sagte, dass ich meinen Platz gern jemand anderem überlassen könne, wenn sie alle so neidisch seien, aber es wurde nur traurig mit den Köpfen geschüttelt, zeitlich sei das leider gerade nicht drin, und dann lächelten sie, «Fahr ruhig du», sagte meine ältere Schwester, und mein zweitältester Bruder sagte: «Ja, das hast du dir echt verdient.» Womit ich es mir verdient hatte, sagte er nicht.

Und auch mein Großvater blieb beharrlich, obwohl ich gehofft hatte, er würde China nach ein paar Tagen nicht mehr erwähnen, die ganze Reise nicht mehr erwähnen, die meisten Gutscheine, die wir innerhalb der Familie verschenkten, blieben schließlich uneingelöst, aber es verging kein Tag mehr, an dem er mich nicht auf China ansprach, an dem er mir nicht irgendeinen ausgeschnittenen Zeitungsartikel über China in den Briefkasten warf, an dem es ihm nicht gelang, jedes Gespräch nach spätestens drei Sätzen auf China zu lenken. Ob wir eigentlich wüssten, dass Gold in China «gelbes Salz» heiße, konnte er am Esstisch unvermittelt fragen, er behauptete, interessanterweise sei Jogging ja in China vollkommen unbekannt, wenn mein zweitältester Bruder zu seinen abendlichen Runden aufbrach, und Verabredungen, die man mit ihm zu treffen versuchte, bestätigte er mit: «Du meinst also halb sechs Pekinger Zeit.»

Das schlicht Starrköpfige der ersten Tage verwandelte sich bei ihm mehr und mehr in eine beängstigende Ernsthaftigkeit. Er schleppte tatsächlich stapelweise Prospekte an, er holte Angebote über günstige Flüge ein, eines Morgens lag sogar ein in Geschenkpapier verpackter Reiseführer vor meiner Tür, im Vorwort hatte er den Satz «China bietet wirklich für jeden etwas» unterstrichen und am Rand noch mit einem doppelten Ausrufezeichen versehen.

Auf meine fadenscheinigen Einwände antwortete er nun sogar verständnisvoll. Er finde es ja sehr lobenswert, wie ernst ich mein Studium nehmen würde, aber die paar Wochen hätte ich doch im Nu wieder aufgeholt, und tatsächlich etwas Wichtiges versäumen würde ich nur, wenn ich nicht mit nach China führe. Immer schwerer machte er es mir, meine Verweigerung als einzig sinnvolle Haltung auszugeben, immer mehr rutschte ich in die Rolle des Starrköpfigen. «Das mit China ist doch eine Schnapsidee, oder?», fragte ich abends Franziska, obwohl ich ihr eigentlich versprochen hatte, das Thema nicht mehr anzuschneiden, und als sie dann, statt mir sofort zuzustimmen, nur unschlüssig mit den Schultern zuckte, sagte ich, sie solle bitte nicht auch noch damit anfangen, was denn auf einmal alle mit China hätten, plötzlich seien davon alle ganz begeistert, plötzlich werde von nichts anderem mehr geredet, und von mir aus sollten sie doch alle miteinander nach China fahren, dorthin auswandern sollten sie meinetwegen, wenn das tatsächlich so ein faszinierendes Land sei, aber mich solle man damit nicht weiter belästigen, und Franziska sagte: «Keine Sorge», mit gar nichts werde sie mich mehr belästigen, und sie ging zur Tür. «Ich werde dich nicht aufhalten», rief ich ihr nach, und Franziska rief: «Gut so», und dass mir das ohnehin nie gelingen würde, und ich rief: «Wie denn auch?», sie sei schließlich so furchtbar unbeständig, dass man sie einfach nicht zu fassen kriege, und Franziska rief, das sage ja genau der Richtige, «der Zauderer von Oz höchstpersönlich» und «Wenigstens das hättest du doch von deinem Großvater erben können. Der wusste zumindest, was er wollte», und ich sagte: «Ja, aber immer nur für zwei Sekunden», und Franziska rief, das seien immerhin zwei Sekunden mehr als bei mir, und dann stürmte sie hinaus. «Ich weiß aber genau, was ich nicht will», rief ich ihr hinterher, zum Beispiel, dass sie jetzt gehe, und Franziska drehte sich nicht wieder um, blieb nicht einmal stehen, ich sah nur von hinten, wie sie mir einen Vogel zeigte, dann verschwand sie zwischen den Bäumen, und ich hörte, wie kurz darauf die Autotür zuschlug, ich hörte, wie sie den Motor anließ, ich hörte, wie sie losfuhr, und in der Kurve quietschten die Reifen so laut, dass es nichts Gutes erahnen ließ.

Aber ich wollte Gutes erahnen, das zumindest wusste ich. Und ich wollte auch, dass Franziska unrecht hatte, ich wollte, dass sie mit ihrer Einschätzung gründlich danebenlag und dass sie das selbst zugeben müsste. Verblüfft sollte sie sein und sich entschuldigen, da habe sie sich wohl wirklich in mir geirrt, und ich würde nicken und sagen: «Sieht so aus.»

Entschlossen legte ich mich ins Bett, und entschlossen stand ich am nächsten Morgen auf, ging ins Haus hinüber und setzte mich zu meinem Großvater an den Frühstückstisch. «In Ordnung», sagte ich, und mein Großvater sah kaum von seiner Zeitung auf, biss in sein Brötchen und kaute so langsam, dass meine Entschlossenheit schon wieder nachließ. «Was ist in Ordnung?», fragte er schließlich, während er geräuschvoll eine Seite umblätterte. Ich nahm ihm die Zeitung aus der Hand. «In Ordnung, wir fahren», sagte ich dann und wartete darauf, dass die Erleichterung einsetzte.

Peking, den 16. Mai

Meine Lieben,

Peking ist wirklich schön, aber unglaublich anstrengend. Besonders der Lärm macht einem zu schaffen, überall wird geschrien, alles hupt und dudelt und klingelt und rasselt. Der Verkehr ist maßlos, Autos, Fahrräder, Mopeds, sogar Esel drängen sich auf den Straßen. Großvater und ich sprechen nicht viel, wenn wir unterwegs sind. «Laut hier», schreit einer von uns manchmal, der andere schreit dann: «Ja», und dann ist man wieder still. Irgendwer muss das hier schließlich mal sein.

Wie Ihr Euch denken könnt, hatte ich mir für unsere drei Tage hier in Peking ein straffes Besichtigungsprogramm zurechtgelegt, aber Großvater zeigte sich von meinen Plänen so wenig begeistert, dass ich große Teile wieder gestrichen habe. Heute waren wir deshalb lediglich in der Verbotenen Stadt. Die majestätischen drei großen Hallen (Halle der höchsten Harmonie, Halle der Harmonie der Mitte, Halle der Harmonie des Randes) schritt Großvater mit gelangweiltem Blick ab («Protzig» nannte er den Kaiserthron, «Unglaubwürdig» den großen Drachenreliefstein), im Tausend-Herbste-Pavillon war ihm zu kalt, in der Halle der Geistespflege behauptete er, dass es bei ihm da nichts zu pflegen gebe. Die Uhrensammlung ließ ihn dann aber doch zunächst staunen, wenn er es auch nicht lassen konnte, die anderen Besucher zu fragen, ob sie vielleicht wüssten, wie spät es sei. Es gibt dort riesige Uhren in Form von Elefanten, schwimmende Uhren in Form von Karpfen, winzige Uhren in Form von Blattläusen. Es gibt Uhren, die einen mechanischen Roboter dazu bewegen, jede Stunde mit einem kleinen Pinsel chinesische Schriftzeichen zu malen, wunderschöne Gedichte sollen das sein, es gibt Uhren, aus denen bis acht Uhr eine goldene Rose wächst, die bis sechzehn Uhr blüht und bis Mitternacht wieder eingegangen ist, es gibt Uhren, die rückwärtsgehen, und Uhren, die seitwärtsgehen, und Uhren, die gar nicht gehen, weil sie angeblich genau zum Todeszeitpunkt des Kaisers Xianfeng stehengeblieben sind.

Irgendwann war Großvater müde, ich setzte ihn in der Starbucks-Filiale neben der Uhrensammlung ab und besichtigte den Rest der Verbotenen Stadt alleine. Als ich ihn anschließend abholen wollte, war er verschwunden. Nach langem Suchen fand ich ihn schließlich im Palast der Himmlisch-männlichen Klarheit. Er saß mit geschlossenen Augen auf einer Stufe, umspült von Touristengruppen, neben sich zwei Kaffeebecher. Als ich ihn anstieß, winkte er freudig und hielt mir einen der Becher hin. Der Kaffee war längst kalt, aber ich trank ihn dennoch, um Großvater nicht zu enttäuschen. Wir saßen dort, bis der Palast geschlossen wurde, schwankten hin und her, um all den Knien und Taschen auszuweichen, und nippten noch an unseren Bechern, als sie längst leer waren. «Wir sind tatsächlich in China», sagte Großvater dann auf dem Heimweg, und ich sagte: «Wahrscheinlich.»

Jetzt ist es kurz nach zehn (also kurz nach zwei bei Euch). Großvater macht noch einen Spaziergang, der Kaffee habe ihn ganz unruhig gemacht, sagt er. Ich habe aufgegeben,

ein Internetcafé zu suchen, bin allein im Hotel geblieben und schreibe Euch nun, auf dem Bett sitzend, weil auf dem kleinen Schreibtisch kein Platz mehr ist, Großvater hat dort jede Menge Fotos von Euch allen aufgestellt. Von draußen weht noch der unermüdliche Lärm Pekings durchs offene Fenster. Ich vermisse und umarme Euch,
K.

Am Frühstückstisch hatte mich mein Großvater nur verwundert angesehen. «Natürlich fahren wir», hatte er gesagt und dann wieder in sein Brötchen gebissen, und ich war empört, dass mein plötzliches Einverständnis nicht richtig gewürdigt wurde, dass er meine Entschlossenheit offenbar gar nicht zur Kenntnis nahm. «Ich schlafe mit der Frau, die du liebst», flüsterte ich leise, das flüsterte ich in den vergangenen Wochen immer, wenn mich etwas an ihm empörte, auch wenn der Satz nicht ganz stimmte, aber das durfte mich nicht stören, denn «Ich habe ein paarmal mit der Frau geschlafen, die du bis vor kurzem geliebt hast» hatte nicht annähernd die gleiche Wirkung.

«Wie bitte?», fragte mein Großvater, und ich sagte: «Nichts», und dann fing er mit den möglichen Reiserouten an, die er mir sofort auswendig aufsagte, es fielen unzählige Namen von Städten, von Bergen, von Tempeln und Restaurants, und ich konnte all das jetzt schon nicht mehr hören, also unterbrach ich ihn und sagte, dass ich mich am liebsten überraschen lassen würde, stand auf und ging zurück ins Gartenhaus. Und das mit der Überraschung war ihm dann ja zweifellos gelungen.

Am Nachmittag ließ ich mir von meinen Geschwistern das Fahrgeld auszahlen, «Danke», sagte ich, und meine Geschwister winkten ab, «Wir haben zu danken». Darüber, wie ich meinen Anteil auftreiben sollte, machte ich mir keine Gedanken, es würde eine Lösung geben. Bisher hatte es immer eine Lösung gegeben.

«Ich fahre nach China», sagte ich am nächsten Tag am Telefon, und Franziska sagte, das sei ja mal was Neues, und ich sagte: «Allerdings», etwas Brandneues sei das sogar, und ich hoffte, dass Franziskas Schweigen, das nun folgte, ein verblüfftes Schweigen war. Nach ein paar Sekunden hörte ich sie aber krachend in einen Apfel beißen, offenbar mussten heute alle, mit denen ich sprach, irgendwo reinbeißen, offenbar regte meine Entschlossenheit unglaublich den Appetit an, und dann fragte Franziska auch noch mit vollem Mund, ob ich etwa nur anrufe, um ihr das mitzuteilen, und weil ich das nicht zugeben wollte, weil ich nicht wollte, dass Franziska noch einmal in ihren Apfel biss oder sogar auflegte, sagte ich: «Natürlich nicht», ich müsse ihr aber etwas Wichtiges sagen, und ich hoffte, dass mir auf die Schnelle einfiel, was das sein könnte. Da sei sie ja mal gespannt, sagte Franziska und biss trotzdem in den Apfel, und vielleicht lag es an ihrem lauten Kauen, vielleicht wollte ich, dass sie sich verschluckte, vielleicht fiel mir aber auch einfach nichts anderes ein, «Ich werde dich verlassen», sagte ich jedenfalls und ärgerte mich darüber, wie aufgesagt das klang. Und Franziska verschluckte sich nicht, sie schnaubte nur verächtlich. Das könnte mir so passen, sagte sie, aber dafür sei es leider zu spät, denn wenn sie sich recht erinnere, habe sie mich gestern schon verlassen, und ich sagte, da sei sie aber nicht besonders deutlich gewesen, und außerdem habe sie das bereits so oft getan, dass ich einfach nicht wüsste, wann genau das ernst zu nehmen sei, und Franziska sagte: «Immer», immer sei das ernst zu nehmen, und ich fragte, warum sie dann nicht einfach mal konsequent wäre, und Franziska sagte, dass sie sich von mir nicht über Konsequenz belehren lassen wolle, ich käme schließlich nicht einmal in die Verlegenheit, zu meinen Entscheidungen stehen zu müssen, weil es gar keine Entscheidungen gebe, und schon wieder biss sie in ihren Apfel, es krachte so laut, dass ich den Hörer vom Ohr nehmen musste, dann sagte ich: «In Ordnung, dann heiraten wir halt», und Franziska verschluckte sich tatsächlich. Wie ich denn auf so etwas käme, fragte sie, als sie mit dem Husten fertig war. «Warum?», sagte ich, das sei doch ihre eigene Idee gewesen, und Franziska überlegte kurz, dann schien sie sich an ihren Satz aus dem Auto zu erinnern, sie lachte kurz auf und sagte, da hätte ich wohl etwas missverstanden, sie habe damals nicht vorgeschlagen zu heiraten, sondern lediglich, dass ich ihr einen Antrag mache, und ich sagte, das sehe ihr mal wieder ähnlich, alle sollten sich gefälligst um sie reißen, aber selbst wolle sie sich bloß nicht festlegen, und Franziska fragte, was ich denn bitte vom Reißen verstehe, und ich sagte: «Jede Menge», und dass sie jetzt bitte nicht das Thema wechseln sollte. «Heiraten wir jetzt oder nicht?», fragte ich, ich schrie es sogar, und Franziska schrie: «In Ordnung, wir heiraten», und auch ich schrie: «In Ordnung», und Franziska schrie es noch einmal, wir warfen uns das «In Ordnung» minutenlang um die Ohren, bis Franziska «Wann?» schrie, und ich schrie zurück: «Gleich morgen», und Franziska schrie: «Warum nicht jetzt sofort?», und ich schrie: «Von mir aus gern», und dann schrie Franziska nicht mehr, mit ruhiger Stimme sagte sie: «Okay, bis gleich», und legte auf, und ich hörte noch eine Weile dem Besetztzeichen zu, «In Ordnung», sagte ich dann leise und machte mich auf den Weg.

Natürlich war Franziska vor mir beim Standesamt. Die Hände in die Hüfte gestemmt, erwartete sie mich vor dem Eingang. «Na endlich», sagte sie, als ich angerannt kam, sie habe sich schon gefragt, ob das alles etwa nicht ernst zu nehmen gewesen sei, und ich sagte: «Immer. Immer ist das ernst zu nehmen», und fragte, ob wir hier seien, um uns zu unterhalten oder um zu heiraten, und Franziska verkniff sich ein Lächeln. «Bringen wir es hinter uns», sagte sie, und genau das wollte ich. Ich wollte mich jetzt beeilen, ich wollte endlich einmal schnell genug sein, ich wollte schleunigst Tatsachen schaffen, denn wenn sie einmal geschaffen waren, konnte ich auch mit ihnen umgehen, das hoffte ich zumindest.

Aber wir konnten keine Tatsachen schaffen. So kurzfristig sei da leider nichts zu machen, sagte der Standesbeamte, erst in zwei Wochen habe er wieder einen freien Termin. «Der Mai ist halt sehr beliebt», und ich war aufrichtig entsetzt, denn das Letzte, was ich jetzt gebrauchen konnte, war Bedenkzeit, ich flehte ihn an, ich beschimpfte ihn, ich schob ihm sogar einen Schein aus dem Umschlag mit dem Reisegeld zu, aber es half nichts. Franziska schien das alles nichts auszumachen. «Was sind schon zwei Wochen?», fragte sie, und ich sagte: «Für dich wahrscheinlich nichts.»

Und dann fiel mir ein, dass ich in zwei Wochen in China sein sollte, aber ich wollte gerade keine neuen Probleme, ich wollte auch nichts weiter aufschieben, dafür tat die Eile viel zu gut, ich wollte nur noch zu allem Ja sagen, und deshalb sagte ich es, als der Standesbeamte fragte «Dann machen wir den 25. Mai also fest?», ich sagte es, als Franziska anschließend meinte: «Immerhin sind wir jetzt verlobt», ich sagte es, als sie verkündete, das müsse nun aber gefeiert werden, ich sagte es später jedes einzelne Mal, als sie «Noch eins?» fragte, nur ganz am Ende des Abends, als ich im Bett lag, sagte ich es nicht mehr, da sagte ich Nein, und ich sagte es mehrmals schnell hintereinander, aber da war es schon zu spät, und diesmal war ich mir nicht sicher, so schnell eine Lösung zu finden.

Das Kasino war Franziskas Idee gewesen, und auch dazu hatte ich natürlich genickt. «Komm, wir sprengen die Bank», hatte sie gesagt und dass sie sich ein todsicheres System ausgedacht hätte. «Wir setzen einfach immer auf die 25 und die 5», flüsterte sie mir ins Ohr, das sei schließlich unser Hochzeitsdatum, und da müsse es schon mit dem Teufel zugehen, wenn diese Zahlen nicht fielen.

Und auch mir erschien das einleuchtend, auch ich hätte das für ein gutes Omen gehalten, und mir war sehr nach guten Omen zumute. Und als dann zunächst nur andere Zahlen fielen, ich erinnere mich an die 9, an die 33, die 18, machte ich mir keine Gedanken. Wir schauten kaum aufs Tableau, so beschäftigt waren wir damit zu besprechen, was wir mit dem Gewinn anstellen würden, es ging um die Hochzeitsreise, es ging um Ferienhäuser, es ging um Südseeinseln. Ich erinnere mich, dass die 21 fiel, die 2, die 17 und die 11, und die Jetonstapel, die Franziska auf unsere beiden Felder schob, wurden immer höher und die vor uns immer kleiner. Es fiel die 31, es fiel die 3, das beobachtete ich langsam argwöhnisch. «Keine Sorge», sagte Franziska, «jetzt kommt die 25, das weiß ich genau», und sie schob mit beiden Händen unsere restlichen Jetons aufs Tableau, lachte mich vorfreudig an, sie ging sogar, während die Kugel noch wild von Kästchen zu Kästchen sprang, schon in die Hocke und ballte die Fäuste, um sofort mit dem Jubeln beginnen zu können, aber es fiel die 26, und Franziska sah mich so erschrocken an, dass ich schnell sagte: «Wir sind schon ganz dicht dran», und auch wenn ich Franziskas todsicherem System nicht mehr vollkommen traute, zog ich den Umschlag mit dem Reisegeld aus der Tasche und tauschte einen Teil davon in neue Jetons um. Ich wollte einfach nicht, dass der Abend so endete, ich wollte die Müdigkeit austreiben, die mich nun allmählich überfiel, ich wollte jubeln, ich wollte Jetons in die Luft werfen, Franziska in die Luft werfen, ich wollte horrende Trinkgelder an die Croupiers verteilen und alle Anwesenden auf ein Getränk einladen, damit sie mit uns anstießen, damit sie uns gratulierten, damit zumindest hier einmal Tatsachen geschaffen waren, und es fiel die 0, es fiel die 12, es fiel die 30, und ich nahm noch mehr Scheine aus dem Umschlag, Franziska verfolgte das alles schon leicht schwankend und mit glasigem Blick, es fiel die 35, es fiel die 7, es fiel schon wieder die verdammte 11, und das konnte doch nicht sein, die 22 konnte doch nicht sein, die 19 konnte nicht sein, nicht die 8, aber es kam die 8, und ich knüllte den Umschlag zusammen. In Sekundenschnelle nüchterte ich aus, der Kopfschmerz kam und der säuerliche Geschmack im Mund. «Schade», sagte Franziska, «vielleicht klappt es ja morgen», und sie bestellte sich noch einen Cocktail, von dem ich nicht wusste, wie wir ihn bezahlen sollten. Wohin es denn nun als Nächstes gehe, fragte sie und strahlte mich an. Nirgendwohin, sagte ich, ich sei sehr müde, und Franziska verzog das Gesicht. Unter einer richtigen Feier habe sie sich etwas anderes vorgestellt, und ich stimmte ihr ein letztes Mal an diesem Tag zu.

Am nächsten Morgen rief ich meinen Großvater an. Ich wollte das am liebsten am Telefon erledigen. Da sei nichts zu machen, sagte ich, «leider», sagte ich, alle Flüge seien schon ausgebucht und dass wir frühestens in vier Wochen fliegen könnten, auch wenn wir das selbstverständlich nicht konnten, das Geld war weg, es würde auch in vier Wochen noch weg sein, und ich ärgerte mich bereits, dass ich nicht vier Monate gesagt hatte, dass ich nicht ein halbes Jahr gesagt hatte, nicht «auf unbestimmte Zeit», Maul- und Klauenseuche, widersprüchliche Einreisebestimmungen, Warnungen des Auswärtigen Amts, ausgerechnet jetzt, ja, ich weiß, ich sei auch enttäuscht.

Mein Großvater schien jedoch gar nicht enttäuscht zu sein, er war auch nicht aufgebracht oder verzweifelt. «In vier Wochen kann ich nicht», sagte er nur, und er sagte es so sachlich, dass ich hoffte, damit sei die ganze Geschichte mit China endgültig vom Tisch, vielleicht würde man trotzdem zwei, drei Tage verreisen, ans Meer zum Beispiel, das war auszuhalten, beinah freute ich mich sogar darauf, doch dann sagte er noch einmal: «Da kann ich nicht, das ist einfach zu spät», unbedingt müssten wir vorher fahren, sagte er, und ich hörte, wie er im Zimmer auf und ab lief. Das sei aber nun einmal leider unmöglich, behauptete ich, es gebe einfach keine Flüge mehr. «Dann fahren wir halt mit dem Auto», sagte er, und erschreckend schnell war mir klar, dass er das ernst meinte. «Man kann nicht mit dem Auto nach China fahren», sagte ich deshalb so ruhig wie möglich, aber mein Großvater wollte davon nichts wissen, natürlich könne man das, schließlich gebe es auf dem Weg nirgendwo ein Meer, und so weit werde die Strecke schon nicht sein. «Achttausend Kilometer», sagte ich, «Luftlinie.» – «Na, siehst du», sagte mein Großvater, und ich ahnte schon, dass ihm diese Idee nun nicht mehr auszureden wäre. «Du darfst nicht Auto fahren», sagte ich trotzdem, auch wenn das wohl das kleinste seiner Probleme sein würde und er sich ja ohnehin selten an dieses Verbot hielt. Ein guter Fahrer war mein Großvater nie gewesen, alle paar Jahre hatte er früher einen neuen Wagen gebraucht, weil natürlich keine Versicherung für irgendetwas aufkam. Als er sich das nicht mehr leisten konnte, fing er an, nie schneller als dreißig zu fahren, das konstante Hupen der anderen Verkehrsteilnehmer nahm man bald nicht mehr wahr. Selbst auf der Autobahn erhöhte er die Geschwindigkeit nicht. «Warum müssen alle nur immer so hetzen?», fragte er, während er auf dem Standstreifen vorankroch, und man antwortete besser schnell, dass man das auch nicht wisse.

Nie hat er sich davon überzeugen lassen, einen Wagen mit Automatikgetriebe zu kaufen, das sei nur etwas für Senioren, behauptete er und ließ lieber weiterhin bei jedem Schalten mit seiner einzigen Hand das Lenkrad los oder bat uns Enkel, es kurz zu halten, während er den Spiegel justierte oder im Radio langwierig einen neuen Sender suchte. Schon in frühen Jahren musste deshalb mindestens einer von uns auf dem Beifahrersitz Platz nehmen oder sich sogar, wenn mein Großvater bei längeren Strecken müde wurde, selbst ans Steuer setzen. Sobald wir mit unseren Füßen die Pedale erreichten, hatte er uns Fahrstunden gegeben, immer nachts auf verwaisten Supermarktparkplätzen. «Es ist im Grunde wie Fahrradfahren», erklärte er uns, nur dass man im Auto nicht so aufpassen müsse.

Uns gefielen, bei aller Müdigkeit, die nächtlichen Fahrstunden, schließlich ahnten wir noch nicht, dass mein Großvater damit einen ganzen Stall von Chauffeuren anlernen wollte. Hin und wieder rief er uns sogar nachts aus einer Kneipe an, wenn er selbst nach seiner eigenen Einschätzung zu viel getrunken hatte, und ließ uns mit dem Taxi angefahren kommen, um dann ihn und das Auto sicher wieder nach Hause zu bringen, weil er es angeblich in der Früh schon wieder benötigte. Und spätestens nachdem wir, bis auf meine jüngere Schwester, alle schließlich auch den offiziellen Führerschein hatten, fuhr er fast nie mehr selbst, höchstens noch zu ersten Verabredungen mit irgendwelchen Frauen, doch auch da konnte es vorkommen, dass er uns bat, ein paar Stunden lang im Wagen vor dem Restaurant zu warten. «Dann bin ich dir auch was schuldig», sagte er und blieb es meist.

Deshalb überraschte es mich wenig, als er am Telefon auf meinen hilflosen Versuch, ihn von seiner Idee abzuhalten, erwiderte: «Du wirst mich natürlich fahren.» Dass ich das auf keinen Fall tun werde, antwortete ich, und mein Großvater sagte: «Bitte.»

Ich bin mir nicht sicher, ob er mich jemals zuvor um etwas gebeten hatte, von als Bitten getarnten Aufforderungen («Könntest du bitte nicht so schreien», «Frag mich das bitte nie wieder», «Mach mir bitte keine Schande») einmal abgesehen, jetzt sagte er aber tatsächlich: «Bitte», und auf einmal gab es nichts, was ich darauf erwidern konnte. «Es tut mir leid», sagte ich dann wahrscheinlich ein paarmal zu oft, bevor ich auflegte.

Peking, den 17. Mai

Meine Lieben,

heute Morgen sagte Großvater, dass er im Bett bleiben werde, das Essen gestern sei ihm nicht bekommen (*huoguo* – ein sogenannter Feuertopf, bei dem man die bestellten Häppchen selbst direkt in der Suppe gart, klassischerweise sind das Lamm, Kohl, Tofu, Kartoffeln, Schlange oder Makake). Ich solle aber keine Rücksicht nehmen und mir einen schönen Tag machen.
Es fiel mir schwer, mich für ein Ausflugsziel zu entscheiden, alles in Peking klingt so verlockend: Garten der Leuchtenden Vollkommenheit, Garten der Zehntausend Frühlinge, Garten der Hunderttausend Frühlinge, Garten des Ewigen Frühlings. Es gibt das Weiße-Wolken-Kloster, das Kloster der azurnen Wolken und das Kloster des wolkenlosen Himmels. Ich entschied mich, auch aufgrund der Hitze (heute sind es über 30 Grad), für den Sommerpalast, eine riesige Parkanlage voller Pavillons, Tempel, Gärten und Seen. Dort liegt auch das Marmorboot der Kaiserin Cixi. Leider kann es nicht schwimmen, aber das störte die Kaiserin nicht. Sie liebte Marmor, alles musste aus diesem Stein gefertigt sein: Sie aß von marmornen Tellern kleine Törtchen, die mit einer hauchdünnen Marmorschicht überzogen waren; sie ließ sich in einer marmornen Sänfte herumtragen, zwanzig kräftige Sklaven waren dafür nötig, die neben der Sänfte auch noch marmorne Hüte tragen mussten. Sie schlief in einem aus Marmor geschlagenen Bett neben einem mit allen

Details versehenen marmornen Mann, den Cixi in ihrem Testament sogar als Thronfolger einsetzen ließ und der in den Wirren des beginnenden 20. Jahrhunderts tatsächlich für zwei Tage lang offiziell das Land beherrschte.

Am Nachmittag kaufte ich am Westende der Luilichang Xijie Geschenke für Euch: Unmengen kopierter DVDs, einen Papierdrachen, einen kleinen sprechenden Buddha (wenn ich die Verkäuferin recht verstand, sagt er: «Der weise Mann wartet auf das Ei, bevor er das Huhn kocht») und eine Rolex. Ihr könnt das unter Euch aufteilen, wie Ihr wollt, und bedenkt bitte, bevor Ihr Euch beschwert, was ich dafür auf mich genommen habe. Immerzu bedrängten mich mindestens vier Verkäufer, und alle hielten sie mir mit der einen Hand identische Jadeskulpturen unter die Nase und mit der anderen Hand ein Schwert, ohne dass ich ausmachen konnte, ob sie mir das auch verkaufen oder mir damit drohen wollten, hin und wieder kam es zu Duellen zwischen den Verkäufern, um die sich dann sofort ein Haufen Schaulustiger scharte, die anfingen, auf den einen oder anderen Geld zu wetten. Ich nutzte dieses Getümmel jedes Mal dazu, dem Schauplatz zu entkommen. Zwischendurch versuchte ich, Großvater im Hotel anzurufen, er nahm nicht ab, doch als ich am frühen Abend in unser Zimmer zurückkehrte, saß er in Schuhen und Mantel auf dem Bett (trotz dieser Temperaturen trägt er immer seinen Mantel, wohl um nicht zugeben zu müssen, dass es unnötig war, ihn mitzunehmen). Wo ich denn so lange gesteckt hätte, fragte er, und wir müssten nun wirklich dringend los, um nicht zu spät zu kommen. Großvater hatte uns nämlich Karten fürs Tiandi-Theater besorgt. Ich war eigentlich zu müde und zu hungrig, aber das ließ Großvater nicht gelten. «Wer nach China reist, ohne sich Akrobaten anzuschauen, hätte ebenso gut in den Westerwald fahren können», behauptete er, und außerdem habe er bereits gegessen. Über sein morgendliches Unwohlsein verlor er kein Wort mehr. Im Taxi war er ganz aufgeregt. «Wie war dein Tag?», fragte er zwar, hörte meinen Erzählungen dann aber nicht zu, sondern sah nur immer wieder auf die Uhr. Wie weit es wohl noch sei, fragte er alle paar Minuten mehr sich selbst als mich, der das schließlich auch nicht wusste. Wir kamen gerade noch pünktlich. Ich war zu erschöpft, um der Vorstellung richtig folgen zu können, es wurde viel gesprungen, es wurde sich viel gestapelt, es wurde sich für meinen Geschmack etwas zu viel verrenkt, alles ging schnell und durcheinander, sodass ich bis zum Schluss nicht genau wusste, wie viele Akrobaten dort eigentlich in ihren roten Kostümen herumwirbelten, es schienen mindestens vierzig zu sein, vielleicht waren es aber auch nur drei.

Großvater war vollkommen gebannt, ganz gegen seine sonstige Gewohnheit gab er die gesamte Vorstellung über keinen einzigen Kommentar ab, er schrie nicht auf wie der Rest des Publikums, wenn der kleine Junge wieder einmal in schwindelerregender Höhe ein paar Meter weit durch die Luft geworfen wurde, noch jubelte er erleichtert, wenn der Junge dann sicher am Arm eines seiner Mitstreiter baumelte, er reagierte überhaupt nicht, nicht einmal zum Schlussapplaus, nach dem Finale sprang er sofort auf und rannte nach draußen, fast eine halbe Stunde wartete ich vor dem Ausgang auf ihn. «Wir können», sagte er, und über irgendetwas schien er enttäuscht zu sein.

Auf dem Donghuamen-Nachtmarkt aß ich noch einen Kebab, Großvater trank übel gelaunt ein Bier. Ob ich wisse, dass Peking in wenigen Jahren von der Wüste Gobi verschüttet werde, fragte er mich. Sie sei nur noch hundertfünfzig Kilometer entfernt und krieche von Tag zu Tag näher. Dann sei hier Schluss mit lustig, und er persönlich werde keine Träne darüber vergießen. Einen Tag müsse er hier noch aushalten, sagte ich, denn unser Zug nach Xi'an fahre erst morgen Nacht. Großvater schüttelte den Kopf. «Zeitverschwendung», sagte er.

Er schläft jetzt, unruhig und lautstark. Ich sitze auf der Bettkante neben ihm und schreibe Euch. Draußen hat Regen eingesetzt, und es klingt, als ob er eine ganze Zeit bleiben wolle. Zum ersten Mal kein Verkehrslärm, nur das wütende Prasseln der Tropfen. Ich bin längst nicht mehr müde.

Lasst es Euch gutgehen,

K.

Ob wir gestern eigentlich sehr viel verloren hätten, fragte Franziska dann am Abend. Sie war unangekündigt vorbeigekommen und hatte sich sofort aufs Bett gelegt, ihre Stimme war noch brüchig, eine Sonnenbrille verdeckte die obere Hälfte ihres Gesichts. «Es geht», sagte ich, und Franziska nickte erleichtert. «Gut», sagte sie, an allzu viel könne sie sich nämlich nicht erinnern und sie habe sich schon Sorgen gemacht. Aber an das mit der Hochzeit erinnere sie sich doch richtig, fragte sie und lachte, und ich war versucht, verwundert mit dem Kopf zu schütteln, «Hochzeit?» zu fragen, «Wie kommst du denn darauf?» zu fragen, aber wenn Franziska damit rechnete, dass ich nun bestimmt alles wieder zurücknehmen würde, hatte sie sich getäuscht, ich nickte nur und lachte mit, weil irgendetwas daran bestimmt zum Lachen war, ich wusste nur nicht genau, was.

Wir lachten unangenehm lange, beide wollten wir wohl nicht damit aufhören, denn dann hätten wir uns irgendwie verhalten müssen, zwei Wochen lang würden wir uns nun irgendwie verhalten müssen, bis zur Hochzeit, bei genauer Betrachtung auch danach noch, aber dann wären immerhin Tatsachen geschaffen, das würde es einfacher machen.

Und weil ich aber keine Ahnung hatte, wie ich mich verhalten sollte, weil ich die zwei mühsamen Wochen am liebsten überspringen wollte, sagte ich, dass ich nun leider keine Zeit mehr hätte, ich müsse nämlich dringend packen, und fing an, wahllos irgendwelche Dinge auf einen Stapel zu werfen, und Franziska hob den Kopf vom Bett. «Wo geht es denn hin?», fragte sie. «Nach China», sagte ich, das hätte ich ihr doch erzählt, und sie ließ den Kopf zurück aufs Kissen sinken. «Natürlich», sagte sie und kicherte, «China», und ich fragte, was es denn da bitte zu kichern gebe, ich hätte meinem Großvater nun einmal eine Reise geschenkt. «Und ich stehe zu meinem Wort», sagte ich, während ich Hemden und Hosen noch einmal neu zusammenfaltete, weil mir langsam die Sachen ausgingen, von denen ich vorgeben konnte, sie einpacken zu müssen. «Gut zu wissen», sagte Franziska, und jetzt wolle sie besser nicht weiter stören. Sie stand auf, nahm ihre Sonnenbrille ab und blinzelte mich mit kleinen Augen an. «Wann fährst du denn los?», fragte sie. «Gleich morgen früh», sagte ich, und Franziska nickte, das habe sie sich fast schon gedacht.

Dass ich mich melden solle, sobald ich zurück sei, sagte sie dann an der Tür, und ich sagte: «Selbstverständlich», und Franziska setzte die Sonnenbrille wieder auf, strich mir kurz über den Arm und ging. Nach ein paar Schritten drehte sie sich noch einmal um. «Gute Reise», sagte sie. «Und grüß deinen Großvater von mir.» Und zumindest das hätte ich wirklich gerne noch getan.

Ich habe meinen Großvater selten, wahrscheinlich sogar nie so glücklich erlebt wie während der anderthalb Jahre, in denen Franziska meine letzte Großmutter war. Schon beim ersten Abendessen damals strahlte sein Blick die ganze Zeit zwischen ihr und uns Enkeln hin und her, «Ist sie nicht großartig?», fragte er, als Franziska einmal kurz auf die Toilette verschwand, und wir nickten aufrichtig und nicht nur, weil mein Großvater zum ersten Mal unsere Meinung zu einer seiner Frauen eingeholt hatte.

In den Wochen danach sah man ihn fast pausenlos lächeln, ständig erzählte er uns irgendetwas, was Franziska gesagt hatte, was Franziska getan hatte, was er mit Franziska am Abend zuvor erlebt hatte oder was er durch Franziska erst über sich erfahren hatte, ständig suchte er in diesen Wochen auch körperlich Kontakt zu uns, er strich uns übers Haar, er nahm uns in den Arm, er massierte uns den Nacken, manchmal streichelte er uns so ausführlich über den Oberschenkel, dass man davon ausgehen musste, er sei mit den Gedanken bei einem anderen Bein.

Auch emotional schien er beschlossen zu haben, uns näherzukommen. «Sag mal, wie geht es dir denn eigentlich?», fragte er oft unvermittelt und schaute dabei so vertraulich, wie es ihm möglich war. Und wenn man daraufhin «Gut» sagte oder «Ganz okay», nickte er zufrieden. «Schön», sagte er dann. «Das ist mir wirklich wichtig.»

Ob ihnen das alles nicht auch langsam etwas zu viel werde, fragte ich irgendwann meine Geschwister, und sie taten erstaunt. «Warum?», fragten sie, es sei doch eine Freude, ihn so zu erleben. «Franziska tut ihm einfach gut», befanden sie einhellig.

Wir fragten uns nur alle, außer Großvater selbst, was Franziska von ihm wollte, was sie in ihm sah, womit er sie, seien wir ehrlich, verdient hatte. Denn natürlich konnte man meinen Großvater charmant finden, man konnte ihn unter Umständen sogar witzig finden, zuweilen war er klug und, ob er es nun wollte oder nicht, erfahren. Und natürlich sah er für sein Alter erstaunlich gut aus, das ließ er sich von jedem, den er traf, bestätigen, für sein Alter war einiges an ihm erstaunlich, aber das Alter selbst war es mittlerweile auch, und von Franziskas Alter so weit entfernt, dass sich Fragen stellten.

Deshalb hatten wir Franziska anfangs auch genau beobachtet,

alle jüngeren Großmütter hatten wir beobachtet, und meist lag die Erklärung schnell auf der Hand. Doch Franziska wies keine nennenswerten Entstellungen auf, sie sprach weder mit Engeln wie eine ihrer Vorgängerinnen noch ausschließlich Malaiisch wie eine andere. Keine Verzweiflung sprang einem ins Auge, keine besorgniserregenden Komplexe konnten unterstellt werden, nichts an ihr konnte also zunächst erklären, warum um Himmels willen sie sich mit einem so viel älteren Mann abgab. Das ohnehin nicht gewaltige Vermögen meines Großvaters hatten die vorherigen Großmütter längst aufgebraucht, auch daran lag es also diesmal nicht.

Erst später, nachdem ich das wenige von Franziskas Leben, das sie preisgab, erfahren hatte, nachdem ich die Rasanz kennengelernt hatte, mit der sie sich bewegte, mit der sie redete, ihr Tempo beim Einkaufen, beim Essen, im Straßenverkehr, erst da fiel mir auf, dass Franziska ihrem angeblichen Alter mehr als nur ein paar Jahre voraus war, dass sich ihr Vorsprung täglich weiter erhöhte, mit einer solchen Schnelligkeit lebte sie, dass sie meinen Großvater längst eingeholt haben musste.

Irgendwann viel später hat sie mir einmal ein wenig von ihrer ersten Ehe erzählt. («Die erste von wie vielen?», hatte ich gefragt und keine Antwort erhalten.) Sowohl bei der Hochzeit als auch bei der Scheidung war sie noch ein Teenager, und das ansonsten so hilflos beschönigende «Wir haben uns auseinandergelebt», mit dem sie die Trennung begründete, klang bei ihr ausnahmsweise einleuchtend, weil es ab einer gewissen Geschwindigkeit wahrscheinlich belanglos ist, ob man sich in dieselbe Richtung bewegt oder in zwei verschiedene, der Abstand wächst so oder so.

Nicht ein einziges Mal, so erzählte mir Franziska, nicht mal am Ende, als es eine bequem abschließende Erklärung gewesen wäre, habe mein Großvater behauptet, dass er zu alt für sie sei. Nur an jenen einen Abend erinnere sie sich, noch recht zu Anfang ihrer gemeinsamen Zeit, da habe mein Großvater sie lange angeschaut und gesagt: «Hätten wir uns doch dreißig Jahre früher getroffen.» Dass sie damals vier gewesen sei, habe Franziska eingewendet, und mein Großvater, so erzählte sie, habe gesagt: «Dann hätte ich halt dreißig Jahre gewartet.»

Zwischen Peking und Xi'an, den 18. Mai

Meine Lieben,

ich sitze im Speisewagen des Nachtzugs nach Xi'an. Mit viel Glück haben wir noch Karten für die harten Schlafplätze bekommen, allerdings schlafen Großvater und ich in getrennten Abteilen. Ich habe ihn vorhin besucht, er scheint sich prächtig mit einer jungen Chinesin zu verstehen, wenn ich recht sah, las er ihr gerade aus der Hand, sie kicherte dabei. Er gab mir zu verstehen, dass ich stören würde, also bin ich hierhergekommen, um noch einen Teller Nudeln zu essen. In chinesischen Speisewagen muss man eine Nummer ziehen, und erst wenn die in der Anzeige über der Essensausgabe erscheint, darf man seine Bestellung aufgeben. Ich habe die Nummer 489, und wir sind erst bei 102, obwohl außer mir nur noch sechs andere Gäste im Restaurant sitzen. Das macht nichts, ich habe Zeit. Elfeinhalb Stunden dauert die Fahrt nach Xi'an, mein Abteil ist heiß und stickig, es wird wohl auch geschnarcht werden. Den Tee aber bringt ein lächelnder Kellner schnell und ohne Aufforderung. Jeder Schluck tut gut, denn auch der heutige Tag war überaus anstrengend.
Großvater hatte sich geweigert, noch mehr von Peking anzusehen, also buchte ich über das Hotel einen Ausflug nach Badaling, um die Große Mauer zu besichtigen. Es regnete noch immer in Strömen, und nur mit großer Überzeugungskraft ließ sich Großvater dazu bewegen, den Reisebus überhaupt zu verlassen. Übellaunig stand er unter

dem vom Busfahrer geliehenen Regenschirm und starrte auf die Touristen in ihren bunten Regenjacken, auf die mit Planen bedeckten Souvenirstände, auf die schaukelnden Seilbahnen, die verschwommenen Hügel. «Ein majestätischer Anblick», sagte ich, weil ich Großvaters Desinteresse nicht hinnehmen wollte, weil ich ihm auf keinen Fall recht geben wollte, dabei war es tatsächlich ernüchternd. Ein Bauwerk, von dem man jahrzehntelang gedacht hatte, es sei vom Mond aus zu sehen, hatte auch ich mir beeindruckender vorgestellt, aber das durfte ich mir nicht anmerken lassen, ich lief auf und ab, fotografierte wahllos um mich, ich kaufte viel zu viele Postkarten und schaute mir sogar geduldig den epischen Informationsfilm an, in dem ganze Horden schmutziger Mandschu-Krieger-Darsteller eine Handvoll frisch gepuderter chinesischer Soldaten-Darsteller niedermetzeln. Unter anderem erfuhr man auch, dass die Feuer auf den Wachtürmen mit Wolfskot unterhalten wurden. «Hast du das gewusst?», fragte ich Großvater, um ihm endlich einmal ein Wort zu entlocken. «Ja», sagte er.

Auf der Rückfahrt machte der Bus noch einen Abstecher zu einer Privatklinik, angeblich ein besonderer Service des Ausflugsunternehmens, kostenlos konnten wir uns dort von «Spezialisten der jahrtausendealten chinesischen Heilkunde» untersuchen lassen. Ich vermutete, Großvater habe nun endgültig genug, aber er wurde, im Gegenteil, auf einmal ganz aufmerksam. «Wenn die Chinesen eines können, dann lange leben», erklärte er mir.

Die Privatklinik war ein flacher Neubau inmitten eines Industriegebiets. Ein halbes Dutzend Ärzte oder Ärzte-Darsteller wartete schon winkend vor der Tür, wir mussten uns in Reihen aufstellen, um dann nach und nach in erstaunlicher Geschwindigkeit von den jetzt nicht mehr winkenden, sondern abhörenden, klopfenden und tastenden Ärzten untersucht zu werden. Großvater erduldete das lange Warten mit ehrfürchtigem Gezappel, sein Blick wanderte scheu in der kargen Untersuchungshalle herum, von den Neonröhren zu den Schaubildern, von den der Größe nach geordneten Kakteen auf der Fensterbank zum Plastikbuddha, der in der Mitte des Raumes in einem kleinen Springbrunnen thronte.

Als Großvater endlich an der Reihe war, befühlte der Arzt zunächst seine Stirn und seinen kleinen Finger, er drückte an mehrere Stellen in Großvaters Oberschenkel, Bauch und Brust und maß anschließend den Puls. «Hundert Jahre», sagte er dann auf Deutsch und klopfte Großvater auf die Schulter. «Mit richtiger Medizin», fügte er hinzu, schrieb etwas auf einen Zettel und reichte es der wartenden Krankenschwester, die dann mit Großvater in einem Nebenraum verschwand. Ich war nach ihm an der Reihe und wurde ebenfalls an den unterschiedlichsten Stellen betastet, mit dem Ohrläppchen hielt der Arzt sich auffallend lange auf. «Impotenz», diagnostizierte er schließlich, «leider», fügte er hinzu und schrieb wieder etwas auf einen Zettel. Dann wurde auch ich in den Nebenraum gebracht, in dem sich hinter einer Theke etliche Regale voller geheimnisvoll beschrifteter Ampullen befanden. Die Krankenschwester reichte mir scheinbar wahllos eine davon und verlangte sechshundert Yuan. Ich lehnte dankend ab, und sie fragte, ob ich denn keine Kinder haben wolle. Dass ich schon genügend hätte, antwortete ich, doch das ließ sie nicht gelten. Kinder könne man nie genug haben, und wie vielen armen Mädchen und Jungen ich denn mit meiner Impotenz ein glückliches Leben vorenthalten wolle, fünfhundert Yuan sei ihr letztes Angebot, das müsse mir meine Familie schon wert sein. Ich weigerte mich immer noch, und sie drückte mir die Ampulle fest in die Hand. So sei ich doch nur ein halber Mann, vierhundert Yuan, und ich könnte mir eine neue, junge Frau nehmen und mit der eine bessere Familie gründen, dank der Wundermedizin könnte ich jede Frau bekommen, die ich wolle. Dass ich leider jetzt los müsse, sagte ich, meine vielen Kinder würden langsam ungeduldig. «Dreihundert Yuan», rief sie mir noch hinterher. «Für den Fortbestand der Menschheit.»

Draußen wartete Großvater, in jeder Hand eine kleine Ampulle. «Mit echten Tigerkrallen», flüsterte er mir glücklich ins Ohr. «Auf dem freien Markt gar nicht erhältlich.»

Als wir vorhin dann zum Bahnhof mussten, zeigte er sich auch mit Peking versöhnt. Er ließ es sich im Hotel nicht nehmen, dem Concierge zum Abschied ein üppiges Trinkgeld aufzunötigen, obwohl ich ihm eingeschärft hatte, so etwas werde hier als Affront aufgefasst. Eine alte Weisheit besagt sogar, jedes angenommene Trinkgeld räche sich später mit dem Verlust eines Zahns, und tatsächlich hielt sich der Concierge sorgenvoll die Wange, als er uns eine gute Reise wünschte.

Etwas später: Mittlerweile habe ich meine Nudeln bestellen können, und die Zubereitung ging dann wundersam schnell. Während ich aß, setzte sich ein älterer Chinese zu mir an den Tisch. Entschuldigend zeigte er auf die umliegenden

Tische, obwohl die allesamt frei waren. Er beobachtete eine Zeitlang, wie ich Euch diesen Brief schrieb, dann wickelte er aus einer Serviette seine Essstäbchen aus und begann sich von meinen Nudeln zu bedienen. Als ich ihn überrascht ansah, lächelte er, pickte ein Stück Huhn aus der Schale und fütterte mich damit. So beendeten wir die Mahlzeit, immer schob er abwechselnd mir und sich selbst einen Bissen in den Mund. Als die Schale leer war, stand er auf, sagte ein paar Worte, die ich nicht verstand, und deutete dabei auf den Brief, dann verließ er den Speisewagen, und auf einmal fühle ich mich sehr allein.
Ich denke an Euch, viele Grüße,
K.

Franziska kam am frühen Abend, zumindest war ich mir recht sicher, dass es Franziska war, ein paar schwere, schnelle Schritte, dann klopfte es an der Tür, mein Puls schlug übertrieben laut, so laut, dass ich fürchtete, er könnte durch die dünnen Wände des Gartenhauses zu hören sein. Es klopfte noch einmal, dann setzten die Schritte wieder ein, klangen einmal ums Haus herum, bis sie nur wenige Zentimeter entfernt von mir anhielten. Franziska musste nun direkt vor dem Fenster stehen, ich bildete mir ein, das Leder ihrer Stiefel riechen zu können, wahrscheinlich presste sie gerade die Stirn gegen die Scheibe und schirmte ihre Augen mit den Händen ab, und auch ich schaute mich sicherheitshalber im Zimmer um. Soweit ich sah, ließ nichts in ihrem Blickfeld auf meine Anwesenheit schließen, und beinah war ich froh, endlich einmal bestätigt zu bekommen, dass meine Tage unterm Schreibtisch ihren Sinn erfüllten, aber nun sollte Franziska wieder gehen, was gab es da denn noch so lange zu betrachten, sie sollte nun davon überzeugt sein, dass ich tatsächlich nicht da war.

Und gerade, als sich der erste Schritt vom Fenster wegbewegte, klingelte das Telefon. «Ich bin es», sagte die Frau aus dem Krankenhaus, ohne ihren Namen zu nennen. Es war schon nach achtzehn Uhr, entweder arbeitete sie also heute doch noch länger, oder, und das hätte mich auch nicht überrascht, sie rief mich von zu Hause aus an. «Wo bleiben Sie denn?», fragte sie und bemühte sich nun nicht mehr um Freundlichkeit. Es sei wirklich dringend, sagte sie, und dass ich auch in der Nacht noch vorbeikommen könne. Dann hörte man ein saugendes Geräusch, als ob sie etwas durch einen Strohhalm trinken würde. «Ich hoffe, ich kann mich auf Sie verlassen», sagte sie, dann legte sie auf, und von draußen hörte ich Franziska leise schnauben, und endlich entfernten sich ihre Schritte, und ich atmete laut aus und ärgerte mich maßlos.

Ich ärgerte mich über die Frau aus dem Krankenhaus, die es anscheinend nicht schaffte, eine Leiche ohne fremde Hilfe zu identifizieren, die sich anscheinend auch gar keine Sorgen um mich machte, obwohl ich schon vor zehn Stunden hatte losfahren wollen. Aber ich konnte nicht losfahren, bevor ich nicht wusste, wie ich meinen Großvater vom Westerwald glaubhaft nach China bringen könnte, oder von China glaubhaft in den Westerwald, und ich ärgerte mich über seine Rücksichtslosigkeit, so unglaubwürdig zu sterben, ich ärgerte mich über seine Rücksichtslosigkeit, überhaupt zu sterben, Sterben passte doch gar nicht zu ihm, und ich ärgerte mich über meine Geschwister, die offenbar nichts Besseres zu tun hatten, als ständig aus dem Fenster zu schauen, die stundenlang im Haus herumlungerten, sodass ich mich nicht frei bewegen konnte, ich ärgerte mich über China, weil es einfach viel zu weit entfernt lag, und ich ärgerte mich über den Westerwald, weil er nicht weit entfernt genug lag, und am meisten ärgerte ich mich über Franziska, die dauernd hier anrief, die sogar einfach vorbeikam, obwohl ich ihr doch gesagt hatte, dass ich nach China fahren würde, sie vertraute mir anscheinend nicht, und wie sollte ich eine Frau heiraten, die mir nicht vertraute, und ich hatte ihr doch auch gesagt, dass ich mich nach meiner Rückkehr sofort melden würde, und nun würde sich die Rückkehr halt etwas verzögern, was war denn daran so schlimm, schließlich war unser Termin auf dem Standesamt erst morgen Nachmittag, da blieb doch noch etwas Zeit.

Mit keiner meiner Großmütter hatten wir je Weihnachten gefeiert. Sie kamen stets im Frühling und gingen spätestens im Herbst, Ende Oktober, Anfang November, hin und wieder blieb eine bis zum ersten Advent, das waren Ausnahmen. Manche verabschiedeten sich noch von uns, manche stürmten wortlos hinaus, viele riefen noch wochenlang an, und wir mussten Großvater dann immer verleugnen. «Sag ihr einfach, ich sei tot», flüsterte er aus sicherer Entfernung.

Und deshalb umfasste mich auch im vergangenen Herbst mit Franziska eine Abschiedsstimmung, ich zählte die Wochen, die ihr noch blieben, doch dann kam der Dezember, und sie war immer noch da, es kam Weihnachten, es kam Neujahr, und meine Geschwister und ich blickten uns stets überrascht an, wenn Franziska sich an den Frühstückstisch setzte und «Guten Morgen» sagte, als wäre das ganz selbstverständlich. Im Laufe des Frühjahrs wurden diese Blicke weniger, wir stellten uns auf Franziska ein. Vielleicht komme mein Großvater nun endlich einmal zur Ruhe, vermuteten wir. Vielleicht habe er genug von allen Ausschweifungen, vielleicht habe er sich nun endlich alle Hörner abgestoßen und sei bereit für eine verantwortungsvolle Beziehung, wir steigerten uns richtig hinein in diese Vermutungen, es wurde von Hochzeiten geredet, es wurde von Familienurlauben geredet, meine ältere Schwester redete sogar von einem möglichen Geschwisterchen, das dann ja eigentlich ein Tantchen oder Onkelchen wäre, und dann ging es auf einmal doch wieder los. Immer öfter hörte man nachts Franziskas Auto wieder wegfahren, immer öfter räumten wir nach dem Abendessen ihren unbenutzten Teller zurück in den Schrank, immer öfter saß mein Großvater regungslos im Sessel, nur sein Kiefer bewegte sich langsam hin und her, und all das kannte ich schon.

Ich kannte auch die Ausdrücke, die bis in mein Zimmer drangen, wenn sich Franziska und mein Großvater nachts stritten, ich kannte «stur», ich kannte «Dickschädel», ich kannte «Durchzug», und natürlich war immer nur Franziska zu verstehen, von meinem Großvater stammte wahrscheinlich das vereinzelte Brummen, aber das konnte auch eine Wasserleitung sein.

Meist hörte man dann anschließend Franziska in ihren Stiefeln die Treppen hinabpoltern und im Wohnzimmer ihre eiligen Runden drehen. «Ich brauche Auslauf», sagte sie einmal, nachdem sie zuvor so klar zu verstehen gewesen war, dass ich hinunterging, um nach ihr zu sehen. Erst viel später fiel mir auf, dass ich auch nach oben zu meinem Großvater hätte gehen können, und ich redete mir ein zu wissen, dass er in solchen Situationen ohnehin keine Gesellschaft wünsche.

Ich blieb damals in der Mitte des Raumes stehen und folgte Franziska nur mit dem Kopf, wie sie mit ausladenden Schritten, die Hände in der Hüfte, in einem immer enger werdenden Kreis um mich herumlief. «Mein Großvater?», fragte ich, als ob ich vom Streit nichts gehört hätte. «Nein», sagte sie. «Der Schwachkopf da oben, der ihm ähnlich sieht.»

Nach ein paar Minuten drehte Franziska ihre Runden so eng um mich herum, dass ich mich, um sie nicht aus den Augen zu lassen, mitdrehen musste. Sie wurde immer schneller, fing an zu laufen, ich stieß mich nur noch mit den Zehenspitzen ab, das Wohnzimmer hinter ihr verschwamm, dann verschwamm auch Franziska, und als wir schließlich auf dem Boden lagen, der nach allen Seiten ausschlug, hätten wir lachen sollen. Wir lagen aber nur schwer atmend nebeneinander, den Blick auf die sich langsam wieder einpegelnde Decke gerichtet, dann standen wir auf, nickten uns kurz zu und gaben uns, noch leise schwankend, die Hand. «Geht es wieder?», fragte ich. «Nein», sagte Franziska.

Xi'an, den 19. Mai

Meine Lieben,

ein ereignisreicher Tag war das heute, und ich kann es kaum erwarten, Euch alles zu berichten. Nun sitze ich hier im «Wenyuan Dajiudian», einem großen, aber dennoch liebenswürdigen Dreisternehotel im muslimischen Viertel, dessen Name, so erklärte uns der freundliche Concierge, so viel wie «Heimat der Intellektuellen» bedeute. Angeblich stamme das aus den 1950er Jahren, als in den Hinterzimmern noch regelmäßig illegale Heuschreckenkämpfe stattfanden, martialische Duelle seien das gewesen, bei denen zwar wenig Geld, aber jede Menge Ehre auf dem Spiel stand, und die sich gerade bei Künstlern und Akademikern großer Beliebtheit erfreuten. Um sich vor unerwünschten Gästen zu schützen, wurden die Kämpfe daher auch immer als «Dichterlesung» angekündigt. Es ist gleich Mitternacht, und der heutige Morgen scheint mir schon so unvorstellbar lang zurückzuliegen.
Er begann gleich mit einem Streit. Xi'an, so habe ich irgendwo gelesen, könne man entweder lieben oder hassen, und schon wenige Minuten nach unserer Ankunft, noch im Taxi vom Bahnhof, waren die Rollen zwischen Großvater und mir verteilt: Er übernahm das Hassen, sodass mir nicht viel anderes übrig blieb, als zumindest vorzugeben, diese zweite Station unserer Reise zu lieben. Was Großvater zu modern fand, fand ich notgedrungen zeitgemäß, was Großvater für überfüllt hielt, bezeichnete ich als lebhaft,

er sagte: staubig, ich sagte: erdig, er hielt es für affig, dass eine Stadt mit Apostroph geschrieben werde, ich forderte viel mehr Apostrophe in Städtenamen, mehr Semikolons, mehr Anführungsstriche, mehr Ausrufezeichen, und als Großvater dann, nachdem er eine Weile missmutig aus dem Fenster geschaut hatte, sagte: «Ein Glockenturm. Huch, wie originell», schrie ich ihn an. Warum er denn unbedingt nach China gewollt habe, warum er von nichts anderem mehr habe sprechen können, China hier, China dort, um nun, wo er seinen Willen bekommen habe, wo wir tatsächlich in China seien, gar kein Interesse an diesem Land zeige, nicht die Spur einer Begeisterung aufbringe, auf all meine Vorschläge immer nur mit einem «Ist das sehr weit?» reagiere, mit einem «Da gibt es bestimmt keine Toilette» oder mit einem «Das ist doch nur was für Buddhisten». Was er sich denn bitte von China versprochen habe, fragte ich ihn, und ich fragte es sehr laut, denn er blickte zu Boden, sagte erst nichts, zuckte dann mit den Schultern und meinte leise, so furchtbar dringend, wie ich behaupte, habe er ja gar nicht nach China gewollt, das sei nur ein vager Vorschlag gewesen, und dass ich sofort darauf anspringen würde, habe er ja nicht wissen können. Und dann lächelte er doch tatsächlich versöhnlich und sagte, nun sei man halt hier, und wir müssten einfach das Beste daraus machen, und ich sagte nein, das müssten wir überhaupt nicht, von mir aus könnten wir sofort zurückfahren, auf der Stelle, und ich bedeutete dem Taxifahrer gestenreich, dass er uns wieder zurück zum Bahnhof bringen solle, und Großvater bedeutete ihm noch gestenreicher, dass er weiter geradeaus fahren solle, er griff ihm sogar von hinten ins Lenkrad, bis der Fahrer schließlich unvermittelt bremste und nun wiederum uns bedeutete, dass wir seinen Wagen sofort verlassen sollten. Da standen wir dann mitten auf einer vierspurigen Straße, um uns herum wurde gehupt und geschimpft und geschrien, Großvater rührte sich nicht, er schaute unserem Taxi nach, wie es im Verkehr verschwand. «Ich habe hier noch etwas zu erledigen», sagte er ruhig, und ich fragte: «Genau hier? Mitten auf der Straße?», und er sah mich an. «Nein», sagte er, «hier in China», und dann bahnte er sich, ohne auf die bremsenden Autos zu achten, einen Weg hinüber zum Seitenstreifen. Ich folgte ihm mit unseren Koffern. «Und was bitte schön?», fragte ich ihn. «Etwas Persönliches», sagte er und marschierte entschlossen Richtung Zentrum. Ich versuchte nicht einmal, mit ihm Schritt zu halten.

Etwas Persönliches. Als ob ich gedacht hätte, er müsste hier dringend geschäftlichen Verpflichtungen nachkommen, als ob ich gedacht hätte, er sei einer offiziellen Einladung gefolgt, und als wir nach eineinhalb Stunden dann endlich unser Hotel erreicht hatten, beschloss ich, ihm recht zu geben. Tatsächlich konnte es jetzt nur noch darum gehen, das Beste aus alldem hier zu machen, und das Beste erschien mir, Großvater so weit es ging zu ignorieren. Im Hotelzimmer legte ich mich aufs Bett und schaltete den Fernseher an, während Großvater wie jedes Mal penibel seine Hemden und Hosen in den Schrank räumte, auch wenn wir nur eine Nacht bleiben wollten. Selbst unzählige Krawatten hat er dabei, hin und wieder bindet er sich morgens eine um, betrachtet sich lange im Spiegel und entscheidet sich dann doch dagegen.

Im chinesischen Fernsehen gibt es auffallend viele Sendungen über Mundhygiene, auf gleich drei Sendern sah man Menschen in Großaufnahme, manchmal auch in Zeitlupe ihre Zähne putzen, daneben einen Fachmann, der die Bewegungen am Plastikmodell eines Kiefers noch einmal wiederholte.

Großvater erkundigte sich, was denn die Pläne für den heutigen Tag seien, und ich tat so, als wäre ich voll und ganz in die Sendung vertieft, ich holte sogar, als er mich immer weitere Dinge fragte, meine Zahnbürste aus dem Gepäck und folgte den Anweisungen auf dem Bildschirm. Großvater stand dann noch eine Weile unschlüssig vor unserem Bett, dann verließ er das Zimmer, und ich putzte mir weiter die Zähne, sehr lange muss ich das getan haben, längst lief schon die nächste oder übernächste Sendung, als Großvater wieder zurückkam, in der Hand eine Schale Suppe. «Vielleicht bist du hungrig», sagte er, ich nahm die Zahnbürste aus dem Mund, und sein Blick folgte stolz jedem Löffel, den ich zu mir nahm, ob es auch gut schmecke, fragte er mehrmals, ob die Suppe auch nicht zu heiß sei, dass er auch noch Salz besorgen könne, wenn ich das brauche. Als ich aufgegessen hatte, starrte er in die leere Schale. Er habe sich erlaubt, zwei Bustickets nach Bingmayong zur Terrakotta-Armee zu erstehen, sagte er, und dass es ihm eine Freude und Ehre wäre, wenn ich ihn begleiten würde. Und obwohl ich mir nicht sicher war, ob er sich nur mit mir versöhnen wollte, weil ihm langweilig war, oder es ihm tatsächlich leidtat, willigte ich ein. Über Mundhygiene hatte ich mehr als genug erfahren.

In Bingmayong engagierten wir für fünfzig Yuan einen

Führer, der immerhin Englisch sprach. Für Großvater musste ich alles trotzdem noch einmal übersetzen, auch wenn er behauptete, das sei nicht nötig, und während der Ausführungen des Führers immer wieder nickte und an unpassenden Stellen «Ah ja» sagte.

Die Terrakotta-Armee ist tatsächlich von beeindruckender Größe. Sie besteht nicht nur aus Tausenden von Kriegern, schwer bewaffnet mit Schwertern, Speeren, Armbrüsten, Säbeläxten und Heugabeln, sondern auch aus einer Unzahl von Pferden, Wagen, Kutschen, Katapulten und sogar einer ganzen Kolonne Hunde, die es, so erklärte uns der Führer, im Heer des Kaisers Qin Shihuangdi, dessen Grab die Terrakotta-Armee bewachen soll, tatsächlich einst gab, auch wenn die Tiere in ihrer ersten Schlacht schon nach wenigen Minuten feige das Weite suchten.

Vor seinem vierzigsten Lebensjahr habe dieser Qin Shihuangdi bereits sechs bedeutende Königreiche erobert, erzählte uns der Führer, was Großvater sich mehrfach bestätigen ließ, dann winkte er jedoch ab, was wolle man denn bitte mit so vielen Königreichen.

Zum Ende der Führung erreichten wir die große Halle, in der allein über sechstausend Soldaten aufgereiht sind, und tatsächlich gleicht keines ihrer Gesichter dem anderen, manche schauen entschlossen, manche ängstlich, manche lachen, und manche scheinen zu schlafen, manche schielen ein wenig, und manche strecken die Zunge raus. Dass wir uns glücklich schätzen könnten, meinte der Führer noch zum Abschluss, denn es heiße, alle 2217 Jahre erwache die Armee zum Leben, und ausgerechnet heute sei nun dieser Tag. Großvater zuckte zusammen, der Führer lachte betulich, «Kleiner Scherz», sagte er, dann war er auf einmal verschwunden, und Großvater und ich blieben zwischen den steinernen Kriegern allein zurück.

Natürlich hatten wir uns schon nach wenigen Schritten verlaufen, in alle Richtungen erstreckten sich die endlosen Soldatenreihen, die Großvater anscheinend noch nicht wieder ganz geheuer waren, einige Male blieb er stehen und starrte einem von ihnen ins Gesicht, «Er hat gerade gezwinkert, ich schwöre es». Irgendwann war er dann aber zu erschöpft, um noch weiter Rücksicht darauf zu nehmen. Dass er eine Pause brauche, sagte er, und wir ruhten uns auf einem der Pferdewagen aus.

Ich versuchte, von dort aus die Orientierung zurückzugewinnen, aber egal, wohin ich schaute, immer traf ich auf einen spöttischen Blick aus Terrakotta-Augen. Ein wenig übertrieben fände ich es schon, sagte ich irgendwann, sich als Toter von einer ganzen Armee bewachen zu lassen, aber Großvater fand das ganz und gar nicht. «Sollte ich einmal sterben, würde ich das genauso machen», sagte er. Man wisse schließlich nie.

Auch mir wurde langsam unheimlich, nicht so sehr vor der Möglichkeit, dass die Krieger gleich zum Leben erwachen könnten (obwohl ich zugeben musste, dass ich mir schon überlegt hatte, in diesem Fall die wohl vorübergehende Schlaftrunkenheit der Reiter auszunutzen, um auf einem ihrer Pferde eine Bresche Richtung Ausgang zu schlagen – vorausgesetzt, dass die Pferde überhaupt ebenfalls zum Leben erwachten), sondern eher aus der Befürchtung, so lange hier umherzuirren, bis die Ausgrabungsstätte schließen würde, und eine hungrige Nacht mit einem verängstigten Großvater war nicht das, was ich mir unter «das Beste daraus machen» vorstellte.

Ob er zufällig etwas zu essen dabeihabe, fragte ich Großvater. Er durchsuchte seine Manteltaschen, fand aber nur ein paar verklebte Bonbons, die er sich an den Hotelrezeptionen immer einsteckte. «Für jeden zwei», sagte er stolz, überlegte dann aber noch einmal, sah mich dabei lange an und sagte: «Weißt du was, du kannst auch drei haben.»

Noch bevor ich ihm danken konnte, hörten wir auf einmal Stimmen, wir folgten ihnen und stießen auf eine spanische Reisegruppe, deren Führer anscheinend auch gerade den kleinen Scherz mit den 2217 Jahren machte, denn ein paar der Spanier schauten sich verängstigt um, und der Führer lachte betulich. Für fünfundzwanzig Yuan zeigte er uns anschließend den Ausgang.

Im Souvenirshop kaufte ich Großvater dann noch einen Miniaturkrieger. «Für den Anfang», sagte ich, doch Großvater schien selbst der nicht geheuer zu sein und warf ihn, als er dachte, ich würde gerade nicht hinsehen, in eine Mülltonne.

Wir schwiegen fast die ganze Rückfahrt über, erst als wir bereits die Stadtgrenze von Xi'an erreicht hatten, fragte mich Großvater plötzlich, was wohl passiert wäre, wenn wir nicht auf die spanische Reisegruppe gestoßen wären. Dass wir schon irgendwann den Ausgang gefunden hätten, sagte ich. «Aber was, wenn nicht?», fragte er. Ich wusste nicht genau, worauf er hinauswollte. «Dann wären wir wohl verdurstet», sagte ich. Großvater nickte ein paarmal. Vielleicht hätte man unsere Leichen dann erst Jahre später entdeckt, sagte er, und irgendetwas an der Vorstellung schien ihm zu gefallen.

Dass ich das für sehr unwahrscheinlich hielte, sagte ich, und
Großvater zuckte mit den Achseln, dafür sei es jetzt ohnehin
zu spät.
Am Abend wollte er dann unbedingt wieder in den Zirkus.
Ich hätte gar nicht gewusst, wie sehr er sich für Akrobatik
begeistere, sagte ich, und Großvater meinte, da gebe es
vieles, was ich von ihm nicht wisse, und ich widersprach
ihm nicht.
Diesmal ließ ich ihn allerdings allein gehen, was ihm nichts
auszumachen schien. Ich freute mich über diesen ruhigen
Abend und war gerade wieder bei einer Zahnpflegedoku-
mentation hängengeblieben (im Abendprogramm finden
die Sendungen dann anscheinend vor Studiopublikum
statt, das überraschend häufig lacht und manchmal sogar
aufschreit), als Großvater schon wieder zurückkam. Ob
die Vorstellung nicht gut gewesen sei, fragte ich. «Doch,
doch», sagte Großvater, «aber es war nicht das Richtige
für mich.»
Stattdessen schlenderten wir noch ein wenig durch Xi'an.
In die Gefahr, uns zu verlaufen, gerieten wir diesmal
nicht, denn die Stadt ist bei aller Größe doch angenehm
geradlinig. Angelegt wie ein Schachbrett, bilden die Straßen
Quadrate, in denen die Fensterläden der Häuser blockweise
entweder schwarz oder weiß gestrichen sind.
Auch in Xi'an ist nachts mindestens genauso viel Betrieb
wie tagsüber, selbst kleine Kinder tollen noch auf den Straßen herum, vor vielen Restaurants warten Dutzende von
Menschen in wohlgeordneten Schlangen, die sich allerdings,
sobald der Kellner einen frei gewordenen Tisch ausruft,
sofort in ein wildes Gewusel verwandeln, in dem

es nicht selten zu gewaltsamen Auseinandersetzungen kommt.

Großvater und ich holten uns deshalb nur einen Tee von einem der vielen improvisierten Straßenstände und knieten uns auf den Bürgersteig, wie es alle hier zu machen scheinen. Ein paar Kinder betrachteten uns erst argwöhnisch, trauten sich dann aber näher heran, begannen sogar, nachdem sie erst vorsichtig seine Nase berührt hatten, auf Großvater herumzuklettern, und er ließ sie gewähren.

«Danke, dass du mitgekommen bist», sagte er dann zu mir. «Natürlich», sagte ich, es scheine ihm schließlich sehr wichtig gewesen zu sein, hierherzukommen, und Großvater strich sich eine Kinderhand aus dem Gesicht und sagte: «Ja», aber er sei sich nicht mehr ganz sicher, was er hier eigentlich gewollt habe.

Wir tranken unseren Tee und beobachteten das Treiben auf der Straße, eine Gruppe Geschäftsmänner in Anzügen raste laut klingelnd auf ihren Tandems an uns vorbei, eine alte Frau saß im Schneidersitz auf der Kühlerhaube eines fahrenden Jeeps und stickte, eine ganze Familie ließ sich auf dem gegenüberliegenden Bürgersteig die Haare schneiden, alle bekamen exakt die gleiche Frisur und wirkten sehr zufrieden.

Großvater lächelte, «Lian hat immer gesagt, mir würde es in China sicher gefallen».

Wer denn Lian sei, fragte ich, und Großvater räusperte sich. «Ich schätze, ich habe dir nie von ihr erzählt», sagte er. Die Kinder kletterten immer noch auf ihm herum, ein kleiner Junge spielte mit dem lose baumelnden linken Hemdsärmel, ein Mädchen versuchte, aus Großvaters schütterem Haar einen Zopf zu flechten. «Lian war die stärkste Frau der Welt und meine einzige große Liebe», sagte Großvater dann, und es klang so, als habe er sich schon lange darauf gefreut, diesen Satz einmal aussprechen zu dürfen.

Wie immer nahm ich es nicht ganz ernst, wenn Großvater von Liebe sprach, schon gar nicht von großer Liebe, aber diesmal schien etwas anders zu sein, er sagte es nicht voller Stolz auf seine Fähigkeit zu ausufernden Gefühlen, er sagte es noch nicht einmal nostalgisch, es war eher eine unbestreitbare Tatsache, die er mir da mitteilte, etwas, das leicht zu überprüfen war, das in jedem Schulbuch stand.

Ob ich sie kennengelernt hätte, fragte ich, doch Großvater schüttelte den Kopf. «Das ist alles lange her», sagte er. «Ich bin damals so alt gewesen wie du jetzt.» Ich versuchte, mir Großvater in meinem Alter vorzustellen, aus irgendeinem Grund trug er einen schmalen Schnurrbart und eine keck ins Gesicht geschobene Mütze, im linken Mundwinkel steckte ein Zahnstocher, sein Blick war starr und scheu, die Arme so fest verschränkt, dass ich nicht ausmachen konnte, wie viele es waren.

«Lian kam aus China», sagte Großvater. «Ihr Name bedeutet so viel wie ‹anmutige Weide›, und ich konnte mir keinen unpassenderen Namen vorstellen.»

Ob wir etwa hier seien, um sie zu suchen, fragte ich, und Großvater winkte ab, nein, nein, sie sei schon lange tot. «Ich will nur wissen, ob mich hier irgendetwas an sie erinnert», sagte er.

Ich wartete darauf, dass Großvater noch mehr erzählen würde, aber er schaute nur stumm in seinen Tee, die Kinder zu seinen Füßen waren bereits eingeschlafen. Dass er auch müde sei, sagte er dann, und wir gingen nach Hause.

Nun liege ich hier, schreibe Euch das alles und muss immer an Lian denken. Habt Ihr Großvater jemals von ihr erzählen hören? Warum fängt er plötzlich damit an? Vielleicht hat er sie sich auch einfach nur ausgedacht, denn in einem muss ich ihm wirklich recht geben: Es gibt tatsächlich vieles, was ich nicht von ihm weiß.

Es gibt auch so vieles, was ich von Euch nicht weiß. Vielleicht sollten wir das nächste Mal doch alle zusammen nach China fahren.

Ich umarme Euch herzlich,

K.

Seit diesem Vorfall im Wohnzimmer traf ich Franziska dort nach jedem Streit, den sie mit meinem Großvater hatte. Zum Glück gab es viele davon, und ich freute mich, wenn bereits beim Abendbrot die Stimmung so gespannt war, dass es nur noch eine Frage von Stunden sein konnte, im Notfall half ich etwas nach, mit irgendeinem heiklen Thema, das ich scheinbar unachtsam anschnitt, mit lauter Musik, die ich spätnachts noch auflegte, mit ein paar gezielt verbreiteten Fehlinformationen. Nach kurzer Zeit drehte Franziska fast täglich ihre Runden um mich, auch nach verhältnismäßig ruhigen Abenden, und ich begann zu hoffen, dass sie den ein oder anderen Streit selbst anzettele, um so oft wie möglich ins Wohnzimmer flüchten zu können, wo ich mittlerweile bereits immer schon auf sie wartete.

Es waren auch genau diese Wochen, in denen der Körper meines Großvaters mit seinem Verfall begann, erst noch vergleichsweise langsam, was seine Stimmung trotzdem immer stärker beeinträchtigte, sodass ich kaum mehr nachhelfen musste, sicherheitshalber ließ ich dennoch hin und wieder ein paar Tabletten verschwinden oder vertat mich bei seiner Abendessensportion ein wenig mit den Gewürzen.

In der ersten Zeit kämpfte mein Großvater noch regelmäßig gegen die ungewohnte Gebrechlichkeit an, ein- und fast eigenhändig begann er, das Gartenhaus zu renovieren, er meldete sich und Franziska zu einem Tangokurs an (auch wenn sie die erste Stunde aus einem mir nicht bekannten Grund vorzeitig verließen und danach nie wieder hingingen), einmal beobachtete ich ihn sogar, wie er mit nacktem Oberkörper vor dem Badezimmerspiegel einen Ohrring meiner jüngeren Schwester prüfend vor seine Brustwarze hielt.

Zu Franziskas und seinem einjährigen Jubiläum führte er sie noch einmal aus, das war vor gerade einmal drei Monaten. «Es kann später werden», hatte er uns gesagt, wohl eher um mit der Möglichkeit zu prahlen, als um uns unnötige Sorgen zu ersparen. Und tatsächlich war es auch bereits nach zwei Uhr nachts, als mein Telefon klingelte. Ich konnte Franziska kaum verstehen, so schnell sprach sie, das Wort «Kammerflimmern» fiel jedoch häufig, so häufig, dass ich es die ganze Fahrt zum Krankenhaus vor mich hin sagte, und auch am Informationsschalter konnte ich damit noch nicht aufhören. Ob es mir gutgehe, wurde ich immer wieder gefragt, und ich sagte, dass ich das noch nicht genau wisse.

Mein Großvater wurde, wie sich herausstellte, bereits operiert. Wie es um ihn stehe, fragte ich in der Notaufnahme, und die Krankenschwester versuchte zu lächeln. «Machen Sie sich mal keine Sorgen», sagte sie und schob mich Richtung Wartebereich, und auch wenn sie nicht sagte, warum ich mir keine machen sollte, bemühte ich mich, ihrem Rat so weit es ging zu folgen.

Franziska saß ganz außen in der Reihe Hartplastikschalen im Wartebereich, auf den übereinandergeschlagenen Beinen ein Kreuzworträtsel. Als ich näher herantrat, sah ich, dass sie dabei war, jedes Kästchen gewissenhaft zu schraffieren, erst als sie mit dem letzten fertig war, blickte sie zu mir hoch.

«Er hat mir versprochen, dass er nicht stirbt», sagte sie, und es klang so, als ob auch mich diese Information beruhigen sollte. Ich nickte und setzte mich neben sie. Franziska trug ihren blauen Regenmantel, darunter, wie ich jetzt sah, nicht viel, als sie meinen Blick bemerkte, zog sie die Mantelschöße hinunter und hielt sie fest.

Natürlich hätte ich meine Geschwister anrufen sollen, aber sie wären dann unweigerlich alle sofort gekommen, und mein zweitältester Bruder hätte mit dem Chefarzt sprechen wollen, meine ältere Schwester hätte geweint, und mein ältester Bruder hätte gesagt, dass es am wichtigsten sei, jetzt Ruhe zu bewahren, sehr häufig und sehr laut hätte er das gesagt, und meine jüngere Schwester wäre beleidigt gewesen, das sei mal wieder typisch, und morgen schreibe sie Mathe oder Bio oder Englisch und sie habe zurzeit echt keinen Kopf für Kammerflimmern.

«Lass uns spazieren gehen», sagte ich deshalb zu Franziska, und Franziska legte das Kreuzworträtsel beiseite, griff nach ihrer Handtasche, dann sah sie mich an. «Ich kann meine Beine nicht bewegen», sagte sie und zog zum Beweis mit beiden Händen ihren baumelnden Unterschenkel hoch und ließ ihn wieder zurückfallen.

Neben dem Kaffeeautomaten lehnte ein zusammengeklappter Rollstuhl, ich hob Franziska hinein. «Hü», sagte sie, und ich schob sie die verlassenen Gänge entlang, in die Eingangshalle, vorbei an den Schaukästen mit altmodischen Geburtshilfeutensilien, Zangen und Haken und Riemen, deren Funktion man ahnen konnte, ohne es wirklich genauer wissen zu wollen, hinaus in den kleinen Park. Die Kälte war mir auf dem Weg ins Krankenhaus nicht aufgefallen, vereinzelt weiße Flecken in den Beeten, Raureif oder später Schnee. «Schneller», sagte Franziska während der ersten Runde, «Noch schneller» während der zweiten, in der dritten Runde musste sie sich mit beiden Händen in den Armlehnen festkrallen, jede Unebenheit warf sie in die Höhe, früher oder später würde ich stolpern, daran bestand kein Zweifel, ich würde dabei den Rollstuhl loslassen, aber ich glaubte zu wissen, dass Franziska genau das erhoffte.

Der Fahrtwind hatte die Mantelschöße zur Seite geweht, ihre nackten, immer noch übereinandergeschlagenen Beine wippten auf und ab. «Noch schneller», rief Franziska, ich keuchte so laut, dass ich sie kaum verstehen konnte, die kalte Luft stach in meiner Lunge, meine Augen brannten, ich sah, wie Franziska ihre Hände von den Armlehnen nahm, dann ließ ich los.

Der fehlende Widerstand ließ mich sofort nach vorn fallen, ich schlug auf dem gefrorenen Boden auf, rollte mich zur Seite ab und kam nach ein paar Umdrehungen auf dem Rücken zum Stillstand, über mir schwankten kahle Zweige. Der Schmerz war angenehm klar, in der Schulter, im Kiefer, im Ellenbogen, im Knie, der Geschmack von Blut, das Knirschen von Schotter oder Zahnsplittern oder beidem. Irgendwer lachte, und ich fragte mich kurz, ob das wohl ich war.

Der Rollstuhl lag auf die Seite gekippt in einem Beet, ein Rad drehte sich noch. Ein paar Meter daneben hatte Franziska sich bereits aufgesetzt, der Regenmantel war zerrissen, Dreck und Blut am Kinn, am Knie. Sie strahlte mich an. «Komm, wir besuchen ihn», sagte sie, und ich musste kurz überlegen, wen sie damit wohl meinte. Noch schwankend stand Franziska auf und hielt mir ihre Hand hin. «Du kannst ja wieder laufen», sagte ich. «Ja», sagte sie, «ein verdammtes Wunder.»

Die Notaufnahmeschwester sah uns nur kurz skeptisch an, stellte aber keine Fragen. «Er schläft jetzt», sagte sie, und erst an meiner Erleichterung merkte ich, wie wenig ich auf alles andere vorbereitet gewesen wäre. Auf der Station war niemand zu sehen, wir warteten ein paar Minuten, dann begannen wir, Tür für Tür nach dem richtigen Zimmer abzusuchen. Im vierten lag er, regungslos auf dem Rücken, Schläuche im Arm und in der Nase, das war zu erwarten gewesen, eine Zeitlang betrachtete ich die beruhigend gleichbleibenden Ziffern auf dem EKG, während Franziska hinter mir die Tür schloss.

Wir wagten uns nicht nahe heran, ein Streifen Licht fiel durch den Spalt in der Gardine auf sein Gesicht, das keinerlei Ausdruck zeigte, nicht einmal Erschöpfung. Zum ersten Mal fand ich, er sehe alt aus, noch viel älter, als er tatsächlich war, so als gehöre er hinter Glas.

Das zweite Bett im Krankenzimmer war nicht belegt, Franziska und ich setzten uns auf die straff gespannte Überdecke, unsere Beine berührten kaum den Boden, wie artige Kinder schauten wir auf meinen Großvater, als habe er uns hierher zitiert, und sagten kein Wort. Die aufgeschürften Stellen an meinen Knien und Ellenbogen begannen zu pochen, auch auf Franziskas Beinen war das Blut fast getrocknet, ein kleines Rinnsal verendete irgendwo auf der Mitte ihres Unterschenkels, mit etwas Spucke entfernte sie es, befühlte dann ihre übrigen Wunden, am Ballen der linken Hand, am rechten Oberarm, an der Schläfe, dann drehte sie sich zu mir um, ihr Blick sprang in meinem Gesicht umher, blieb am Kinn hängen, mit dem Daumen berührte sie es vorsichtig, und sofort ließ mich ein stechender Schmerz zusammenzucken, anscheinend war auch dort meine Haut aufgerissen, ohne dass ich es zuvor bemerkt hatte. Franziska zog ihren Daumen dennoch nicht weg, das Stechen nahm zu, wurde zu einem Pulsieren, zu einem Brennen und schließlich zu einem wohltuend flächigen Schmerz. Franziskas Blick blieb auf mein Kinn gerichtet, selbst als sie mit der anderen Hand meine Hose öffnete, wandte sie ihn nicht von dort ab, mit ein paar schnellen Griffen hatte sie den Gürtel geöffnet, die Knöpfe, und es war mir unangenehm, wie deutlich willkommen mir ihre Hand war, so deutlich, dass Franziska es bei einem kurzen Nachprüfen beließ, dann aufstand, ohne den Regenmantel auszuziehen, ihre Unterhose auszog, sich über mich hockte und, immer noch weder Blick noch Daumen von meinem Kinn entfernend, sich langsam auf mir niederließ. Ihre Erregung wies weniger merkliche Spuren auf als meine, ein paar peinigende Sekunden lang drückte fast ihr ganzes Gewicht auf einen einzigen Punkt, bis sie mir endlich, Zentimeter für Zentimeter, näher kam, ich sah noch, wie sie sich vor Schmerz auf die Lippen biss, und auch ich krallte meine Hände fest in die Überdecke, um nicht aufzuschreien. Wir mussten uns kaum bewegen, jedes winzige Zusammenziehen, jeder Blutstoß war sofort zu spüren, ihre linke Hand wich noch immer nicht von meinem aufgeschlagenen Kinn, mit der rechten stützte sie sich erst auf meinem Knie ab, umklammerte dann, als wir uns doch zu bewegen anfingen, meinen Hals, sodass mein Kopf zwischen ihrer linken Hand und rechten Armbeuge eingeklemmt war und ich über ihre Schulter direkte Sicht auf meinen Großvater hatte, obwohl ich die ganz und gar nicht haben wollte. Ich zwang mich, die Augen zu schließen, doch es gelang einfach nicht, ich sah seinen fleckigen Arm, ich sah seine eingefallene Brust, den stumpfen Winkel seines Kieferknochens, Franziska bewegte sich schneller, ihre rechte Hand krallte sich in meine Schulter, ich sah die eine seiner auswuchernden Augenbrauen, ich sah das seichte Flackern seines Nasenflügels, ich sah, wie er die Augen aufschlug, Franziska drückte mich immer tiefer in sich, mein Kinn pochte unter ihrem Daumen, ich sah, wie mein Großvater ein paarmal blinzelte, wie er an sich herunterschaute, wie er sich dann umwandte, unsere Blicke trafen sich ungeschützt, noch immer konnte ich meinen Kopf nicht bewegen, noch immer konnte ich meine Augen nicht schließen, Franziskas Hand grub sich in mein Haar, der Blick meines Großvaters saugte sich fest, dann kam ich.

Dabei muss ich die Augen doch kurz zugemacht haben, denn als ich sie öffnete, waren die meines Großvaters zweifellos geschlossen, sein Kopf lag noch immer auf der Seite, auch die Ziffern auf dem EKG waren unverändert, das prüfte ich sofort.

Luoyang, den 20. Mai

Meine Lieben,

sehr früh sind wir heute aufgestanden, um vor unserer Weiterreise nach Luoyang noch ein wenig von Xi'an zu sehen. Ich frage mich, ob es ein Fehler war, die Reiseroute so dicht gedrängt zu planen, dass wir alle Stationen nur kurz besuchen können. Wie schon in Peking blieb natürlich auch in Xi'an das schale Gefühl, längst nicht alles gesehen zu haben, aber da man ja ohnehin nie alles sehen kann, war es mir sinnvoller erschienen, möglichst viel Verschiedenes zu besuchen, und Großvater scheint sich auch nicht daran zu stören, er ist nach wie vor schnell gelangweilt, und meist bin ich es, der ihn bittet, doch etwas langsamer zu gehen.

Der Tempel der Acht Unsterblichen interessierte ihn anfangs sehr, dann war er aber doch merklich enttäuscht, dass keiner von ihnen persönlich anwesend war. Länger hielten wir uns im Geschichtsmuseum auf. Es ist immer wieder überraschend, welche Dinge in China viel früher bekannt waren als bei uns, eines der Wandgemälde zeigte äußerst detailliert ein Polospiel, in einer Art Broschüre aus der Tang-Zeit finden sich auf feinem Seidenpapier Abbildungen einer, allerdings noch recht rudimentären, Schönheitsoperation, und eine der kleinen Tonfiguren aus der Sui-Dynastie trägt zweifelsohne einen Pullunder.

Leider reichte die Zeit nicht mehr, um zum Tempelkloster Famen Si rauszufahren, wo die vier Fingerknochen Buddhas aufbewahrt werden, die zweitbedeutendste Reliquie, gleich nach seinem rechten großen Zeh im Kloster Puning. Stattdessen besichtigten wir noch die beiden wichtigsten Wahrzeichen der Stadt, die Wildganspagode und die Graureiherstatue, beide aus dem 7. Jahrhundert, als sich im Taoismus für kurze Zeit eine ornithologische Ausrichtung durchgesetzt hatte.

Zum Mittagessen gab es kalte Nudeln in Erdnusssoße, angeblich eine Spezialität der Region, was Großvater aber nicht glaubte. Er ließ sie sich aufwärmen und rief dem Kellner noch hinterher: «Als Nächstes sind die Flecken auf der Tischdecke auch eine Spezialität der Region.» Ich aß die Nudeln kalt.

Die Fahrt nach Luoyang dauerte fünf Stunden. Großvater las eine chinesische Zeitung, die er sich am Bahnhof gekauft hatte («Das ein oder andere werde ich mir schon erschließen können»), ich blätterte ein wenig im Reiseführer und sah dann aus dem Fenster, hinter dem sich sanft bewaldete Hügelketten schwangen, dazwischen riesige Reisfelder, ländliche Siedlungen, die mit ihren Bambushütten und Maultieren und bunt bekittelten Bäuerinnen aus der Zeit gefallen schienen.

Ich wollte von Großvater mehr über Lian erfahren, auch wenn ich befürchtete, dass er dieses Thema bereits wieder abgehakt hatte, dass er auf mein Nachfragen hin kaum von seiner Zeitung aufblicken würde, dass er «Du immer mit deiner Lian» sagen würde, um dann irgendeine einsilbige Antwort zu murmeln.

Wie sie sich eigentlich kennengelernt hätten, Lian und er, fragte ich dennoch, und Großvater sah mich unschlüssig an, faltete dann bedächtig seine Zeitung zusammen und legte sie neben sich. «Interessiert dich das wirklich?», fragte er, und ich nickte heftig. Großvater lächelte, so lange her sei das alles schon, dass ich ihm nachsehen müsse, wenn er sich nicht mehr an alles genau erinnere.

Ein junger Mann sei er damals jedenfalls gewesen, in der Blüte seiner Jahre, er habe gar nicht gewusst, wohin mit seiner Energie und seinen Talenten, alles habe er ausprobieren wollen, ständig habe er sich deshalb neue Betätigungen gesucht, und so sei er eines Spätsommers, an das Jahr könne er sich nicht mehr erinnern, als Zauberer im damals landesweit berühmten Varieté «Tamtam» gelandet. Wie ich ja wisse, beherrsche er einige recht erstaunliche Tricks, die ihn im «Tamtam» schnell zu einer der Hauptattraktionen gemacht hätten.

«Doch nicht etwa der Schnürsenkeltrick?», fragte ich ungläubig, und Großvater schien beleidigt. «Unter anderem», sagte er.

Ich traute meinen Ohren nicht: der Schnürsenkeltrick. Wisst Ihr noch, wie Großvater ihn früher bei jeder Geburtstagsfeier aufgeführt hat, meistens gelang er ja nicht, und Großvater rief dann immer schnell: «Wer will noch ein Würstchen?»

«Wie auch immer», fuhr Großvater jetzt fort. Es sei eine schöne Zeit gewesen im «Tamtam», viel habe er nicht verdient, aber auch nicht viel gebraucht, die Frauen hätten es auch damals schon gut mit ihm gemeint, mitunter viermal habe er in einer Nacht das Bett gewechselt, aber sein Herz, und dabei sah er mich ernst an, sein Herz sei noch so unberührt gewesen wie sein eigenes Kopfkissen am Morgen.

Beim «Tamtam», erzählte er, sei es üblich gewesen, das Theater immer mal wieder an fahrende Zirkusse zu vermieten, und so kam es, dass in diesem Jahr eine chinesische Schaustellergruppe zu Gast war. Zu jener Zeit, betonte Großvater, sei das höchst exotisch gewesen, und man habe mit hohen Einnahmen gerechnet, weil viele Menschen schon allein deshalb zu den Auftritten kommen würden, um überhaupt einmal einen leibhaftigen Chinesen zu sehen.

Es sei mitten in der Nacht gewesen, erzählte Großvater, als die Schausteller ankamen. Man habe ihn in seinem kleinen Zimmer über dem «Tamtam» geweckt, damit er beim Ausladen der Wagen helfe, auch wenn es wenig auszuladen gab, Akrobaten reisten schließlich mit leichtem Gepäck, ein Trapez, ein Reifen, ein Hochseil; der Schwertschlucker benötigte nur sein Schwert, der Entfesselungskünstler seine Fesseln, lediglich als es an den letzten Wagen ging, waren sie alle zusammengerufen worden, eine Vielzahl von Hanteln befand sich darin, und schon die kleinste ließ sich kaum bewegen, die größte trugen sie schließlich mit zehn Mann, und auch das nur unter größten Anstrengungen. Wer um Himmels willen denn diese Gewichte stemmen wolle, habe Großvater einen der chinesischen Helfer in einer Verschnaufpause gefragt, und der sei ganz erstaunt gewesen, dass Großvater das nicht wisse. «Die gehören Lian», habe der Helfer dann ehrfürchtig in überraschend gutem Deutsch geantwortet, «dem Massiv von Macau», für sie seien diese Eisenklötze so leicht wie Sojabohnen. Warum dann, habe Großvater gefragt, diese Lian nicht selbst den Transport übernehmen könne, und der Helfer habe sich erschrocken

umgesehen. Lian sei eine Berühmtheit, ein Wunder der
Natur, sie brauche jetzt ihren Schlaf.

Großvater erzählte das alles so lebhaft, dass sogar die chinesischen Reisenden auf den Plätzen um uns ihre Gespräche einstellten, um ihm zu lauschen. Hin und wieder, wenn es ihnen passend erschien, lachten sie laut oder seufzten mitfühlend. Großvater blickte dann zufrieden in die Runde, ließ sich von irgendwem ein neues Getränk bringen und erzählte weiter.

Das erste Mal zu Gesicht bekommen sollte er Lian am folgenden Tag. «Es war», sagte er, «keine Liebe auf den ersten Blick», da müsste er lügen, aber schon von der ersten Sekunde an sei ihm klar gewesen, dass sich keine Frau mit Lian jemals würde messen können.

Als er am Nachmittag das Varieté betrat, erzählte Großvater, seien alle schwer beschäftigt gewesen, Seile wurden gespannt, Positionen abgemessen, es wurde gebohrt und gesägt und gehämmert, im Foyer dehnten die Akrobaten ihre Muskeln, die Seiltänzerin balancierte im Rang auf der Balustrade, in der Garderobe regte der Schwertschlucker mit ein paar Dolchen seinen Appetit an, nur Lian tat gar nichts, sie thronte regungslos auf einem Diwan im Hinterhof des «Tamtam», zwei Ananasscheiben lagen auf ihren Augen, ein junger Chinese fächelte ihr Luft zu, ein anderer massierte ihre Schultern mit Hilfe einer Art Holzpaddel, ein dritter schob ihr regelmäßig einen Löffel Eiscreme in den Mund. Nie zuvor, sagte Großvater, habe er eine Frau solchen Ausmaßes zu Gesicht bekommen. Wie gelähmt sei er gewesen, unfähig, seine Augen von dieser ausufernden Körperlichkeit zu lösen, von der Unmenge an Kinnen, von den prall gefüllten Hautlappen, die dicht geschichtet an Armen und Beinen hinabhingen, am wenigsten vom kleinen Finger, der wie eine übersättigte Made aus dem Fleischbrocken ihrer Hand herauskroch.

Der junge Chinese, der Lians Nacken massierte, habe ihn schließlich bemerkt und, wortreich das Paddel schwingend, davongejagt, und erst als sich Großvater im Foyer wieder in Sicherheit wähnte, habe er bemerkt, dass er eine Erektion hatte.

Von der Aufführung am Abend bekam er wenig mit, die ganze Zeit über wartete er auf Lians Auftritt, der als Höhepunkt natürlich erst am Schluss erfolgen würde. Nachdem der Direktor der Truppe mit vielen, meist unverständlichen Worten eine «Weltsensation» angekündigt hatte, wurde zunächst der Wagen mit Lians Hanteln von vier der muskulösesten Akrobaten der Truppe unter lautem Stöhnen auf die Bühne gezogen. Um zu beweisen, dass man es hier mit keinem billigen Trick zu tun hatte, bat der Direktor nach und nach immer mehr Männer aus dem Publikum nach vorne, um die Gewichte vom Wagen zu heben, am Ende waren es zwölf, und allen stand der Schweiß auf der Stirn.

Dann wurde es dunkel, nur ein einziger Scheinwerfer richtete sich auf die Hanteln, niemand im Zuschauerraum wagte auch nur zu atmen, am wenigsten Großvater selbst. «Ich wusste, dass sich in einer Sekunde mein Leben ändern würde», erzählte er. «Ich wusste nicht, ob zum Guten oder Schlechten, ich wusste nicht, ob ich das wollte oder nicht, ich wusste nur, dass ich nichts dagegen würde ausrichten können.»

Und dann kam Lian, ihr maßloser Körper kunstvoll in einen goldschillernden Umhang gehüllt, ihr langes Haar zu einem Kranz geflochten, die Augenlider waren schwarz geschminkt, das Gesicht weiß gepudert, ein aufgemalter Schnurrbart schwang sich von einer Wange zur anderen.

Mit winzigen Schritten trippelte sie zu den Hanteln, beugte sich zur kleinsten von ihnen herunter, die aber auch nur zwei Zuschauer gemeinsam hatten herüberheben können, riss sie mit der rechten Hand in die Höhe, warf sie in die Luft, fing sie mit der linken auf, drehte sie ein wenig zwischen zwei Fingern, um sie dann lautlos wieder zu Boden gleiten zu lassen. Das Publikum jubelte, Großvater lächelte entzückt.

Und so ging es Hantel für Hantel, manche hob Lian mit den Zähnen auf, manche hielt sie sekundenlang zwischen ihren Bauchfalten, manche balancierte sie mit einer solchen Leichtigkeit über dem Kopf, dass es so aussah, als ziehe die Hantel sie nach oben, und Lian verrichtete all das mit einer Gleichgültigkeit, beinah Langeweile, von der Großvater nicht wusste, ob er sie unheimlich oder verrucht finden sollte. «Ich sah ihr die ganze Zeit in die Augen», sagte er, «und ich hatte das Gefühl, in einen Brunnen zu schauen, so tief, dass man keinen hineingeworfenen Stein, nicht einmal einen Felsbrocken würde aufprallen hören.» Unsere Sitznachbarn im Zug fingen wieder alle gleichzeitig an zu lachen, verstummten aber sofort wieder, als sie Großvaters irritierten Blick bemerkten.

Nur bei der letzten Hantel, erzählte er, habe er tatsächlich so etwas wie Anspannung in Lians Gesicht bemerken können, und vielleicht war es auch nicht nur ein dramaturgischer Kniff, dass sie drei Versuche benötigte, um das Gewicht in die Höhe zu stemmen, sie machte ein paar Schritte vor und zurück, dann hatte sie das Gleichgewicht gefunden, und während das Publikum schon wie wild applaudierte, ließen sich von oben zwei der Akrobaten auf der Hantel nieder, dann sprangen immer mehr dazu, bis am Ende die ganze Truppe eine Pyramide auf der Eisenstange bildete, und als der Jubel kein Ende fand, hob Lian erst ihr linkes Bein vom Boden, ließ die Hantel dann mit der rechten Hand los und warf Kusshände in den tobenden Zuschauerraum.

Er sehe sie noch genau vor sich, erzählte Großvater, wie die Adern auf ihrer Stirn so anschwollen, dass sie selbst durch das ganze Fett klar hervortraten, wie der Schweiß Schlieren auf ihrer gepuderten Haut hinterließ, wie ihr ganzer Körper so bebte und wogte, dass er den Luftzug selbst in der fünften Reihe noch spüren konnte.

«Nie zuvor und auch danach nie wieder habe ich etwas so Schönes gesehen», sagte er. «Ich war vollkommen glücklich und gleichzeitig am Boden zerstört, weil ich wusste, dass ich von nun an nicht mehr ruhen würde, bis es mir gelungen war, diese Frau zu erobern.»

Ausgerechnet in diesem Moment erreichten wir Luoyang. Die mitreisenden Chinesen drückten Großvater alle ihre Visitenkarten in die Hand und verabschiedeten sich ausgiebig. «Sehr angenehme Menschen», sagte Großvater, als wir den Zug verließen.

Dass Luoyang keine schöne Stadt sein würde, wussten wir schon aus dem Reiseführer. Wie die meisten Touristen waren auch wir wegen der berühmten Longmen-Grotten hier, zu denen wir morgen früh aufbrechen wollten. Auf dem Bahnhofsplatz tummelten sich Enten und Gänse, sonst ist die Stadt aber sehr ruhig, die Menschen gehen hier deutlich langsamer als in Peking oder Xi'an, sie schleichen eher, es wird wenig und fast schüchtern gehupt, kaum geschrien. Eine Schicht Melancholie liegt über Luoyang, vielleicht weil diese einstige Metropole (immerhin sechzehneinhalb Dynastien lang diente sie als Hauptstadt) seit ihrer Zerstörung im 12. Jahrhundert noch nicht ganz wieder die Alte geworden ist, man lässt sich eben Zeit hier.

Wir wohnen im «Shenjian Hotel», angeblich in Bahnhofsnähe. Da es aber in Luoyang keine erkennbaren Hausnummern gibt (der Grund dafür, so sagte man uns, sei eine Lieferverzögerung aus der Tang-Dynastie) und das Hotel außerdem kein englischsprachiges Schild besitzt, brauchten wir fast eine Stunde, bis wir es gefunden hatten. Zwischendurch hatten wir versucht, Passanten nach dem Weg zu fragen, aber die betrachteten die Schriftzeichen in unserem Reiseführer immer nur mit so traurigem Blick, dass Großvater ihnen mitfühlend auf die Schulter klopfte.

Abends aßen wir im «Zhe Bu Tong Fandian» das berühmte Wasserbankett. Es besteht aus vierundzwanzig Gängen, bei denen sich keine Zutat wiederholen darf. Früher wurde das Bankett tatsächlich auf dem Wasser eingenommen, man mietete sich eine Art Floß und wurde vom rudernden Kellner zu den verschiedenen Gängen befördert, die auf kleinen Inseln vor sich hin köchelten. Heutzutage erinnert daran nur noch ein kleiner Seerosenteich in der Mitte des Restaurants, in dem das traditionelle Gelage mit liebevoll bemalten Plastikfiguren nachgestellt wird.

Die einzelnen Gänge sind natürlich nicht sehr üppig, dennoch nahm ich von den letzten fünf nur wenige Bissen, Großvater schien hingegen ein wenig enttäuscht zu sein. Er habe genau mitgezählt, ließ er mich dem Kellner erklären, es seien nur dreiundzwanzig Teller gewesen. So lange beharrte er auf seiner Meinung, bis ihm schließlich noch eine Schale Reis gebracht wurde, die er dann aber kaum anrührte. Sie falle «qualitativ ein wenig ab», meinte er.

Während des Banketts versuchte ich das Gespräch natürlich wieder auf Lian zu lenken, wie er sie denn schließlich kennengelernt habe, fragte ich ihn irgendwann zu Anfang der Zehnergänge. Er stocherte mit der Gabel, auf der er immer noch hartnäckig bestand, in etwas herum, von dem man nur hoffen konnte, dass es sich um eine Art Pilz handelte, dann schenkte er uns beiden behutsam Tee nach, bevor er sagte: «Ich war derjenige, der ihr mitteilen musste, dass sie nicht mehr lange zu leben habe.»

Tagsüber sei Lian stets vollkommen abgeschirmt gewesen, vor dem Durchgang zum Hinterhof standen zwei grimmig aussehende Wächter, die auf Großvaters Flehen, der Künstlerin doch bitte seine Aufwartung machen zu dürfen, meist gar nicht, im Höchstfall mit einem Lachen reagierten. Großvater hat aber, wie er erzählte, trotzdem immer vor dem Durchgang ausgeharrt, in der Hoffnung, einen kurzen Blick auf den massigen Körper seiner Begierde werfen zu können oder zumindest einmal ihre Stimme zu hören, aber alles, was zu ihm durchdrang, war ein Schmatzen, war manchmal ein Seufzen und hin und wieder ein langgezogener hoher Ton, eine Art Fiepen, «wie von einem sehr kleinen Tier».

Abend für Abend saß er mit hämmerndem Herzen im Publikum und bestaunte die Kraft und Schönheit Lians, Tag für Tag spähte und lauschte er an den standfesten Wächtern vorbei, und mit Sorge vernahm er, wie das Schmatzen im Laufe dieser Tage immer leiser wurde und das Fiepen sich dafür immer länger hinzog, mitunter über Stunden, und irgendwann schauten auch die Wächter einander besorgt an. Ob mit Lian alles in Ordnung sei, fragte Großvater, doch sie verstanden ihn nicht, und selbst wenn, hätten sie ihm wohl auch nichts mitteilen können, stur schauten sie durch ihn hindurch, auch als er anfing, sie zu bedrängen, auch als er schrie, dass Lian sicher krank sei und man ihn zu ihr durchlassen müsse, auch als er mit den Fäusten auf die Wächter eintrommelte. Es war aussichtslos, und nach einer Woche, als sich das Fiepen mehr und mehr in ein Wimmern verwandelte, verließ Großvater seinen Posten vor dem Durchgang zum Hof, eilte in die Stadt, besorgte einen Arzt, weckte den Direktor aus seinem Mittagsschlaf und nötigte ihn mit Worten, Gesten, Weinen, Schreien und Drohen, Lian vom Arzt untersuchen zu lassen.

Großvater selbst musste weiter außerhalb des Hofes warten, eine halbe Stunde lief er unruhig auf und ab, dann sah er schließlich zwischen den Wächtern hindurch, wie der Arzt den Direktor und einen der Diener, der offenbar als Übersetzer aushalf, in eine Ecke des Hofes führte, wie er ernsthaft und bestimmt auf die beiden einredete, «Verstehen Sie?», hörte er den Arzt immer wieder fragen, er hörte «Herz», er hörte «Leber», er hörte «Nieren», er hörte «im Grunde alles», er hörte «leider», er hörte «zwei Wochen», er hörte «höchstens». Er sah, wie der Direktor fassungslos den Kopf schüttelte, wie er nach Luft rang, wie er den Arzt beschimpfte, wie er schließlich weinend zusammenbrach und von den beiden Wächtern zurück zu seinem Wagen getragen werden musste. Diesen Moment nutzte Großvater sofort und betrat den Hof. Lian lag auf ihrem Diwan, die Augen geschlossen, ihre Brüste, die wie zwei Plattfische über den Bauch lappten, bebten auf und ab, sonst ruhte der Körper. Die Diener, von denen sie sonst gefüttert, massiert und bewedelt worden war, hatten sich allesamt erschrocken zurückgezogen. Die «Widersprüchlichkeit seiner Empfindungen», sagte Großvater, während der Kellner neue Schüsseln auftrug, habe ihm in diesem Moment den Atem verschlagen. Die fast schmerzhafte Freude, Lian endlich nahe sein zu dürfen, stritt sich in ihm mit der Verzweiflung über das soeben Gehörte. «Ich blickte auf eine Todgeweihte», sagte Großvater, «und ich konnte nicht anders, als zu lächeln.» Und dann habe Lian die Augen geöffnet, und wieder hatte Großvater das Gefühl, in einen Brunnen zu schauen, noch tiefer als der, den er abends auf der Bühne gesehen hatte. Meilenweit schien sich der Schacht zu erstrecken, und ganz am Ende leuchtete dort etwas, eine Art rotes Glimmen sei es gewesen, und je länger er es fixierte, umso heller wurde es, und dann, mit einem Mal, sei es nach vorne geschossen, den ganzen Brunnenschacht entlang, geradewegs aus den Pupillen heraus und direkt auf Großvater zu. Fast eine Minute, erzählte er, sei er geblendet gewesen, und als er seine Sehkraft dann endlich wiedererlangte, habe Lian ihn unverwandt angestarrt und mit leiser, aber fester Stimme etwas zu ihm gesagt, was er natürlich nicht verstand, sodass er nur entschuldigend mit den Schultern zucken konnte, und Lian hat den gleichen Satz immer und immer wiederholt, laut und ungeduldig ist sie dabei geworden, und Großvater hat mit den Händen gerungen, weil er so gerne verstehen wollte, und aus purer Verzweiflung, Lian schwitzte und zitterte bereits am ganzen Körper, hat er schließlich den Eimer mit der Eiscreme gegriffen und angefangen, sie damit zu füttern, Löffel für Löffel verschwand ihr Zittern, und als der Eimer leer war, nahm sie ihre Hand und strich Großvater damit über die Wange. Und auch wenn durch die allabendlichen Hanteln jeder Quadratmillimeter ihrer Finger mit einer dicken Schicht Hornhaut bedeckt war, so hatte er doch noch nie etwas vergleichbar Weiches gespürt wie in diesen paar Sekunden.

Dann zog sie ihre Hand fort, vergrub sie in ihrem Schoß, und Großvater verstand das als Zeichen, Lian nun ihre Ruhe zu lassen, und stand auf, aber sie hielt ihn mit einem kehligen Laut zurück, kaum wahrnehmbar, und doch ließ er Großvater erstarren. Lian sah ihn an, fragend und ängstlich, und Großvater versuchte ein Lächeln, was ihm aber nicht gelingen wollte, und Lians Blick fragte ihn immer weiter, immer flehender, bis Großvater schließlich traurig nickte, nur ein einziges Mal, doch das reichte, ihr Blick leerte sich schlagartig, vollkommen regungslos lag sie da, sodass Großvater sogar fürchtete, nicht einmal die zwei Wochen seien ihr nun vergönnt geblieben, die Luft blieb ihm weg, irgendetwas Spitzes stach in seine Brust, irgendetwas Großes drückte in seinem Hals, irgendetwas Feuchtes lief seine Wange hinunter, blieb kurz am Kinn hängen und tropfte dann zu Boden, und Lian streckte mit einer von ihr ganz und gar nicht zu vermutenden Schnelligkeit die Hand aus, fing die Träne im Fallen mit dem Zeigefinger auf und ließ sie von dort in ihr eigenes Auge fließen.

Dann sagte sie noch etwas, wieder sehr leise und sehr schnurrend, es klang nach Dank und Verabschiedung, und Großvater verbeugte sich, taumelte in sein Zimmer und verbrachte die verbleibenden Stunden bis zur Vorstellung mit dem Versuch, das soeben Erlebte irgendwie wahrhaben zu können.

Von der Aufführung bekam er an diesem Abend verständlicherweise noch weniger mit als sonst. Nicht nur er schien sich zu sorgen, ob Lian überhaupt auftreten würde, im Publikum wurde die ganze Zeit nervös geflüstert, und auch die Akrobaten auf der Bühne schienen wenig konzentriert. Doch der Direktor betrat wie gewohnt nach der Seiltanznummer die Bühne, um die «Weltsensation Lian» anzukündigen, er war noch sichtlich geschwächt, ließ sich sonst aber nichts anmerken, wenn Großvater auch glaubte, ihn vor der Erwähnung ihres Namens ein paarmal schlucken zu sehen.

Lian trug an diesem Abend einen roten Umhang, das Haar war offen und reichte ihr fast bis zu den Knien, der aufgemalte Schnurrbart zog sich so weit nach oben, dass es aussah, als lächle sie. «Und vielleicht», sagte Großvater, «sah es auch nicht nur so aus.» Sie stemmte die Hanteln diesmal mit einer atemberaubenden Leichtigkeit, selbst bei der Abschlussnummer mit der Pyramide verzog sie keine Miene, und als sie zum Finale das eine Bein in die Luft streckte, hätte man meinen können, sie müsse sich sehr bemühen, das andere auf dem Boden zu halten. Sie warf mehr Kusshände als sonst, jeder im Publikum bekam eine ab, nur als die Reihe an Großvater war, zögerte sie, trommelte mit den Fingern ein paar Sekunden lang auf ihren bereits geschürzten Lippen, ließ schließlich einen von ihnen in ihren Mund gleiten und zwinkerte meinem Großvater kurz zu. «Das war das letzte Mal in meinem Leben, dass ich errötete», sagte er, spießte mit der Gabel eine Garnele auf und betrachtete sie lange, bevor er sie zurück in die Schale legte.

Nach diesem üppigen Abendessen beschlossen wir, zu Fuß zurück zum Hotel zu gehen. Unser Weg führte durch die ausgestorbene Altstadt, den Nachtmarkt, auf dem Großvater noch einen kleinen Snack einnahm (*dousha gao* – ein süßer Kuchen aus Erbsen, Datteln und gezuckertem Rindfleisch), vorbei an der Wen-Feng-Pagode, in deren Obergeschoss sich ein Fußpflegesalon befindet, und zahllosen Sexshops bis auf den Hauptplatz. Und dort, umsäumt von den grell beleuchteten Bürohochhäusern, sahen wir auf einmal Hunderte von Menschen tanzen. Keine Musik war zu hören, niemand schien ihnen Einsätze zu geben, und doch bewegten sie sich, gleichmäßig zu Reihen aufgestellt, vollkommen synchron in einer komplizierten Choreografie. Nachdem Großvater und ich dieses Schauspiel ungefähr eine Viertelstunde lang betrachtet hatten, fingen die Tänzer, wiederum ohne ein erkennbares Zeichen, alle gleichzeitig an zu klatschen, jeder umarmte seinen Nebenmann, ein paar Minuten lang wurde laut gelacht und geredet, dann leerte sich der Platz in Windeseile, und Großvater und ich blieben allein zurück. Was das denn wohl bitte gewesen sei, fragte

ich. «Ein Fest», sagte Großvater, «und wir waren wieder nicht eingeladen.»
Ich glaube, er fühlt sich manchmal etwas fremd hier in China, vielleicht hat er auch Heimweh. Auch heute hat er vor dem Schlafengehen das Familienfoto, das wir ihm geschenkt haben, auf den Nachttisch gestellt, und oft weckt er mich nachts auf und fragt mich, wer zum Teufel denn das Zimmer heimlich umgeräumt hätte. Ich bin froh, endlich eine Ahnung zu haben, was ihn hierher gedrängt hat, auch wenn ich immer noch nicht weiß, wonach genau er auf der Suche ist.
Morgen versuche ich, die bisherigen Briefe endlich einmal abzuschicken. Hoffentlich geht es Euch allen gut, ich freue mich auf Euch.
Alles Liebe,
K.

Gleich am Morgen nach der Nacht bei meinem Großvater im Krankenhaus war ich ins halbrenovierte Gartenhaus gezogen. Die Fragen meiner Geschwister hatte ich erfolgreich abgeblockt, mein Großvater stellte, als er nach einer Woche entlassen worden war, so gut wie gar keine. «Hast du alles, was du brauchst?», wollte er nur wissen, und ich beschloss, dass er damit nur die Ausstattung des Gartenhauses meinte, und nickte. Mein Großvater stellte ab diesem Zeitpunkt ohnehin nur noch wenig Fragen, er gab auch wenig Antworten, er verfiel nun vor unseren Augen in irrwitziger Geschwindigkeit, von Stunde zu Stunde mehrten sich die Symptome, und die Einzige, die sich keine Sorgen um ihn zu machen schien, war Franziska, obwohl doch eigentlich sie es war, die sich mit Geschwindigkeit auskannte.

Am Tag der Entlassung meines Großvaters war sie abends zu mir gekommen. «Was glaubt er eigentlich, wer er ist?», rief sie und versuchte, im Gartenhaus auf und ab zu laufen, das dafür aber zu klein war, sodass sie stattdessen auf der Stelle hüpfte. «Glaubt er etwa, er findet noch eine Bessere? Glaubt er, er findet eine Jüngere?» Wenn überhaupt, dann hätte sie ihn verlassen müssen, ja genau, so herum gehöre sich das, und sie begann, wahllos irgendwelche Gegenstände zu zerstören, nahm das Weinglas vom Tisch, drehte es ein wenig hin und her, bevor sie es mit einem nüchternen Schlag an der Fensterbank zerschlug, mit einer Schere schnitt sie gleichmäßige Zickzacklinien in die Gardine, sie warf mein Handy auf den Boden und zerdrückte es so ausgiebig mit ihrem Stiefel, dass es anschließend daran haften blieb.

Es tat mir zwar leid um meine Sachen, aber dennoch versuchte ich nicht, Franziska aufzuhalten, es tat gut, das Splittern zu hören, das Krachen und Reißen, und ich hielt ihr sogar einladend geeignete Gegenstände hin, Geschirr, meine Nachttischlampe, den Keramikaschenbecher, doch sie ignorierte das alles und trat lieber so lange gegen ein Stuhlbein, bis es abbrach. Dann hatte sie anscheinend genug, sie setzte sich aufs Bett und schlug die Hände vors Gesicht, aber sie sollte jetzt nicht aufhören, sie sollte das ganze Haus kurz und klein schlagen, sie sollte unter gar keinen Umständen dort so eingefallen sitzen, und deshalb nahm ich selbst den Aschenbecher und warf ihn auf den Boden. Er zersprang nicht, rutschte nur einen halben Meter Richtung Bett und blieb dann irgendwo zwischen Franziska und mir liegen. Wir betrachteten ihn beide. Es war jetzt sehr ruhig.

«Soll ich dir beim Aufräumen helfen?», fragte sie schließlich, ich schüttelte den Kopf, und Franziska stand auf. «Dann bis morgen», sagte sie, als sei das selbstverständlich, aber ich sagte auch: «Bis morgen», und ich merkte, dass mich das freute.

Ob sie eigentlich glaube, dass er uns gesehen habe, fragte ich Franziska, als sie schon in der Tür stand. Sie sah mich verständnislos an. «Wobei?», fragte sie. «Du weißt schon», sagte ich, «im Krankenhaus», und Franziska runzelte die Stirn, dann lächelte sie kurz und sagte: «Das hättest du wohl gern.»

Und ich wusste nicht, ob ich das wirklich gern hätte, ich wusste nicht, was mir mehr Sorgen bereiten sollte, dass er uns gesehen hatte oder dass ich mir das nur einbildete, und vielleicht hatte er uns gesehen, aber glaubte nun selbst, sich das nur einzubilden, denn er sprach mich nie auf diese Nacht an, nichts wurde auch nur angedeutet, und alle Veränderungen in seinem Verhalten mir gegenüber fielen gar nicht auf, weil sich so vieles auf einmal verändert hatte. Nur einmal, ein paar Tage nach seiner Entlassung, fragte er mich, als wir gemeinsam vor dem Kühlschrank standen, warum ich ihn eigentlich nie im Krankenhaus besucht hätte. «Ich hatte viel zu tun», sagte ich schnell, und er schien das gelten zu lassen. «Ich hätte schließlich sterben können», sagte er trotzdem, und zum ersten Mal sagte er das ohne dieses dramatische Beben in der Stimme, das sonst all seine Aussagen über den Tod untermalte und ich versuchte zu lächeln. «Du doch nicht», sagte ich.

Alle paar Tage besuchte mich Franziska in den kommenden Wochen, meist klopfte sie mitten in der Nacht und fing noch in der Tür an, über meinen Großvater zu schimpfen. Dass er sich am Telefon verleugnen lasse, obwohl sie ihn doch im Hintergrund schnauben hören könne. Dass sein Schnauben sie schon immer wahnsinnig gemacht habe, genau wie seine Art, beim Essen andauernd mit dem Fuß zu scharren andauernd mit dem Kopf zu nicken, sich andauernd die Nase zu putzen. «Keine fünf Minuten kann dieser Mann still sitzen» rief sie, und ich nickte, ich nickte zu allem, was sie über meinen Großvater sagte, weil ich hoffte, dass sich das Thema so am schnellsten erschöpfen würde, aber es erschöpfte sich nicht unentwegt sprudelte mein Großvater aus Franziska heraus seine Bewegungen, seine Sätze, seine Blicke, seine Kleidung und ich wartete nickend ab, wie Franziska sich immer weiter erhitzte, und wenn sie sich stark genug erhitzt hatte, hielt es sie nicht länger im Gartenhaus, dann musste sie vor die Tür, dann musste sie unbedingt ins Haus hinübergehen, um sich auch dort über alles Mögliche aufzuregen, die Unordnung, das Mobiliar das angeblich unpraktisch hoch angebrachte Treppengeländer, auf Zehenspitzen und leise schimpfend führte sie mich jedes Mal bis zum Schlafzimmer meines Großvaters, sie imitierte das Schnarchen, das bis nach draußen zu hören war, sie öffnete sogar die Tür, um sich davon zu überzeugen, dass er tatsächlich, wie sie vermutet hatte, auf ihrer Seite des Bettes lag, auf allen vieren kroch sie ins Zimmer und begutachtete abschätzig den Gesichtsausdruck meines Großvaters, das Buch auf dem Nachttisch, die Teilprothese im Wasserglas, und meist winkte sie mich dann zu sich her, zog mir hastig das Hemd über den Kopf, öffnete meine Hose, und dann schliefen wir miteinander.

Es ging immer sehr schnell, wir hielten uns gegenseitig den Mund zu, ließen beide meinen Großvater nicht aus den Augen, hin und wieder stockte sein Schnarchen, und wir erstarrten kurz, bis es wieder gleichmäßig zu hören war. Aufgewacht ist er, soweit ich weiß, niemals.

Anschließend beeilten wir uns, wieder zurück ins Gartenhaus zu gelangen. Franziska regte sich dann über nichts mehr auf, im Gegenteil, meist schlief sie sofort ein, und ich lag noch eine Weile wach neben ihr und wusste nicht, ob das Durcheinander wuchs oder abnahm.

Außerhalb des Schlafzimmers meines Großvaters schliefen wir nie miteinander, auch wenn ich alles versuchte, auch wenn ich Fotos von ihm neben mein Bett stellte, auch wenn ich sein Schnarchen auf Kassette aufnahm und es in geeigneten Momenten abspielte, auch wenn ich Franziska anbot, mir einen Arm auf den Rücken zu binden. «Warum solltest du denn so etwas machen?», fragte sie und sah mich an, als wolle sie die Antwort lieber gar nicht wissen.

Schanghai, den 21. Mai

Meine Lieben,

dass ich Euch nun aus Schanghai schreibe, war nicht geplant. Spät in der Nacht bin ich erst angekommen und war auf Großvater immer noch so wütend, dass ich mir ein Einzelzimmer genommen habe. Ich habe nicht bei ihm geklopft und kann nur hoffen, dass er sich Sorgen um mich macht. Jetzt ist es schon fast vier Uhr morgens, ich sitze in der immer noch gut besuchten Hotelbar und trinke bereits meinen dritten Gin Tonic, wenn man die beiden aus dem Flugzeug mitrechnet, ist es sogar mein fünfter, und dabei wird es nicht bleiben, das steht fest nach diesem ganz und gar missglückten Tag.
Es fing schon damit an, dass ich heute Morgen viel zu früh in Luoyang aufgewacht bin, vielleicht lag es an der mittlerweile schon ungewohnten Stille, kein Verkehrslärm, kein spontan errichteter Markt vor dem Hotelfenster, keine Reinigungskräfte, die ungefragt schon einmal das Zimmer saugen, während man noch im Bett liegt. Ich beschloss dummerweise, Großvater schlafen zu lassen und mich auf die Suche nach einem Postamt zu machen, um endlich einmal die Briefe an Euch abzuschicken. An der Rezeption konnte man mir nicht wirklich weiterhelfen, der Portier gab mir zwar einen Stadtplan und deutete auf eine mit dem Bild einer Taube markierte Stelle, die sich aber anhand der Legende und, wie ich nach einem unnötigen Spaziergang herausfand, auch in Wirklichkeit als Hallenbad entpuppte.

Bei der Touristeninformation mussten sie auf meine Frage hin erst mehrere Telefonate führen, bei denen erstaunlich oft gelacht wurde. Schließlich nannten sie mir aber eine Adresse, so weit außerhalb gelegen, dass sie auf meinem Hotelstadtplan schon nicht mehr verzeichnet war. «Viel Glück», wurde mir am Ende gewünscht, es klang aufrichtig, also ließ ich die Zettel mit den Busverbindungen liegen und nahm ein Taxi.

Trotz der frühen Stunde war die Post heillos überfüllt. Anscheinend ist sie in China für eine ganze Reihe von Dienstleistungen zuständig, manche Kunden gaben zwar Briefe oder Pakete auf, manche bezahlten hier aber auch ihre Strom- und Wasserrechnungen, manche verlängerten ihren Pass, und manche ließen, wenn ich es richtig sah, ihre Haustiere impfen.

Nach einer Dreiviertelstunde war ich endlich an der Reihe, ich legte meine Briefe vor, deutete auf das «Air Mail», das ich groß unter die Adresse geschrieben hatte, und machte sicherheitshalber mit den Armen noch ein Flugzeug nach. Die Postbeamtin sah mir ungerührt dabei zu, öffnete dann mit einer geübten Bewegung ihres Zeigefingers die Kuverts, nahm die beschriebenen Blätter heraus und hielt sie gegen das Licht. Ein Wort, ich glaube, es war «Mundwinkel», schien ihre besondere Aufmerksamkeit zu erregen, sie rief zwei ihrer Kollegen herbei, die sich mit ihr über die Briefe beugten, noch auf andere Worte zeigten und zu tuscheln anfingen, dann strahlten sie mich allesamt an, schüttelten mir ausgiebig die Hand und klopften mir auf die Schulter. Einer von ihnen reichte der hinter mir stehenden Kundin sogar sein Handy, um sich beim Händeschütteln mit mir fotografieren zu lassen. Dann sagten sie alle nacheinander etwas zu mir, das sehr feierlich klang, die Postbeamtin stopfte die Blätter zurück in die Kuverts, auf die sie jeweils einen sorgsam ausgewählten Stempel setzte, dann übergab sie mir die Umschläge und wandte sich grußlos der nächsten Kundin zu. Ich suchte vergeblich nach einem weiteren Schalter oder einem Kasten, in den ich die Umschläge hätte werfen können, hilflos stand ich herum, versuchte dann, noch einmal die Aufmerksamkeit der Beamtin auf mich zu lenken, indem ich fragend mit den Briefen wedelte, doch alle eben noch so sprudelnde Freundlichkeit war aus ihrem Gesicht gewichen, ohne aufzusehen wies sie mich mit einem langen Satz zurecht, die Kundin schob mich sogar unwirsch zur Seite, und selbst ihr Hund, dessen dicken Kopfverband sie gerade abwickelte, fauchte bedrohlich. Unter dem Kopfschütteln der Wartenden verließ ich das Postamt, draußen hatte es zu regnen begonnen, kein Taxi war aufzutreiben, ich lief in irgendeine Richtung, mir war gleichgültig, ob es die richtige war, und als mir an einer Kreuzung wieder eine Schar Enten entgegenwatschelte, holte ich mit dem Fuß aus, um eine von ihnen in die Luft zu treten, verfehlte sie aber, die Enten schnatterten mich wütend an, und ich schnatterte wütend zurück.

China setzt einem mehr zu, als man wahrhaben will. Erst fasziniert die Fremdheit noch, dann ermüdet sie, und bald fängt man an, sich nach Dingen zu sehnen wie Kastanien, wie Stromkästen, wie Kinderwagen, all das, was es hier nicht gibt, man will «Entschuldigung» sagen können, man will «Nein, das daneben» sagen können, man will sich auskennen und Straßenschilder verstehen und Gespräche um

einen herum ausblenden können, weil man sofort
hört, dass es in ihnen um nichts geht. Gar nichts kann
man hier ausblenden, alles ist Eindruck, und ich beschloss,
während ich wahllos abbog, die Reiseroute zu ändern,
die ein oder andere Station zu streichen, Großvater
vielleicht sogar zu überreden, ein paar Tage ans Meer
zu fahren, in ein Touristenhotel, in dem man sich um
nichts kümmern muss, Vollpension, internationale
Küche, Wassergymnastik. Ich brauchte eine Pause von
China.

Als ich gegen Mittag vollkommen durchnässt ins Hotel kam,
befürchtete ich, auf einen vorwurfsvoll besorgten Großvater zu treffen, doch er hatte das Zimmer bereits verlassen,
ein Flugticket lag auf dem Kopfkissen, daneben ein Zettel,
auf dem er mir mitteilte, dass er leider nicht auf mich habe
warten können, er sei bereits auf dem Weg nach Schanghai
und werde mir dort alles erklären. «Bis heute Abend, gute
Reise», stand da noch, darunter hatte er die Adresse eines
Hotels notiert und, anscheinend als kleine Entschuldigung
für seinen hastigen Aufbruch, eine der Pfingstrosen aus der
Vase neben dem Fernseher gelegt. Ich steckte sie zurück,
legte mich ins Bett und wollte schlafen, ich wollte tagelang
schlafen, ich wollte Großvater allein durch Schanghai irren
lassen, ich wollte ihn allein durch ganz China irren lassen,
ich wollte, dass er überall vergeblich versuchte, sich ver-
ständlich zu machen, ich wollte, dass er in Touristenfallen
übers Ohr gehauen würde, dass er schließlich ausgeraubt
und ängstlich sein Hotelzimmer nicht mehr verließ und es
bitter bereute, so eigensinnig gewesen zu sein, und natürlich
konnte ich dann nicht schlafen, natürlich fing ich an, mir

Sorgen um ihn zu machen, und natürlich würde ich den Flug nehmen.

Er ging erst am Abend, Zeit genug also, sich nun doch noch die Longmen-Grotten anzuschauen, um diesem Abstecher nach Luoyang noch irgendeinen Sinn zu verleihen, und auch in der Hoffnung, Großvater später davon vorschwärmen zu können und ihm zu sagen, was für eine einzigartige Attraktion er sich hatte entgehen lassen.

Doch leider waren die Grotten eine Enttäuschung, was vielleicht auch mit meiner schlechten Laune zu tun hatte. Ich konnte einfach keine Buddhas mehr sehen, und egal welche Höhle ich betrat, von überall her lächelten sie mich milde an mit ihren aufgequollenen Lippen, immer winkten sie mir mit der rechten Hand schüchtern zu, wie jemand, der nicht mehr weiß, ob man sich noch an ihn erinnert. Ich konnte auch die leiernden Stimmen der Führer nicht mehr hören, Wei-Dynastie, Sui-Dynastie, Tang-Dynastie, Hong-Dynastie, ganze Jahrhunderte purzelten durcheinander und waren mir vollkommen gleichgültig, in einer der Grotten wurden natürlich wieder die Ahnen verehrt, in einer anderen waren natürlich wieder Arzneimittelrezepte in die Wand gemeißelt, und natürlich war da viel von Affenaugen die Rede, von Schlangenzähnen, von Pandakrallen, Dracheneiern und immer wieder Lotusblüten, diese ewigen Lotusblüten. Eine dritte Grotte war der Weisheit gewidmet, aber natürlich nicht einer Weisheit, nicht zehn, zwanzig oder hundert Weisheiten, sondern gleich wieder zehntausend davon, alles in China muss es mindestens zehntausendmal geben, darunter machen sie es nicht, Zehntausend ist offenbar die kleinste Zahl, die sie hier kennen.

Die Grotte der verlängerten Jugend ließ ich dann aus und wollte mich stattdessen ein wenig ans Ufer des Yi-Flusses legen, aber auch dort fand ich keine Ruhe, erst umlagerte mich wieder eine Schar Enten, und die Art, wie sie mich ins Bein zu beißen versuchten, ließ mich vermuten, dass es die gleiche Schar wie heute Vormittag war. Und als ich die Enten endlich verscheucht hatte, wurden sie augenblicklich von chinesischen Schulklassen ersetzt, die zwar mein Bein in Ruhe ließen, sich dafür aber alle mit mir fotografieren lassen wollten. Zwei Mädchen flüsterten mir etwas ins Ohr und rannten kichernd weg, eine Gruppe Jungen beabsichtigte, meine Hose zu kaufen, ich verlangte zehntausend Yuan und ging, während sie beratschlagten, zurück zur Bushaltestelle.

Mein Flieger hatte fast zwei Stunden Verspätung, das überraschte mich heute wenig. Ich bekam einen Gutschein in die Hand gedrückt, der, wie ich schließlich herausfand, nur in einem Pediküresalon gültig war, also ließ ich mir die Nägel feilen und schaute dabei im Fernsehen eine Sendung über einen Mann, der sich Tischtennisbälle in die Nase steckte. Einen letzten Gin Tonic habe ich nun noch bestellt, dann bin ich hoffentlich betrunken genug, um schlafen zu können. Ich nehme es Euch übel, dass Ihr nicht mitgekommen seid. Ich nehme es Euch übel, dass Ihr mich mit ihm allein gelassen habt, so wie Ihr mich immer mit ihm allein gelassen habt. Auch ich wäre lieber vernachlässigt worden, glaubt mir das ruhig, auch ich würde in ihm am liebsten nur einen alten Mann sehen. Wenn ich wieder da bin, werde ich ausziehen aus dem Gartenhaus, ich werde mir eine richtige Wohnung suchen, vielleicht sogar in einer anderen Stadt,

ich werde nichts mitnehmen, ich werde selten anrufen, und wenn ich zu Besuch komme, werde ich freundlich sein. Verlasst Euch darauf.
K.

Irgendwann muss ich ein paar Stunden geschlafen haben, denn als mich das Telefon aufschreckte, war es bereits hell. Die Frau aus dem Krankenhaus klang ungehalten. «Anscheinend sind Sie wahnsinnig beschäftigt», sagte sie und dehnte das «wahnsinnig» mehr als notwendig. «So beschäftigt, dass es nicht einmal für einen kurzen Anruf reicht.» Dann schien sie wieder irgendetwas zu schlürfen. «Wie dem auch sei», sagte sie, und es blubberte leise. «Ich erwarte Sie heute im Laufe des Tages.» Wenn nicht, gebe es auch andere Möglichkeiten, mich dorthin zu holen, da seien ihr nicht die Hände gebunden. «Und bringen Sie unbedingt den Pass mit», fügte sie noch hinzu, bevor sie auflegte.

Und gleich darauf rief Franziska an, und natürlich war auch sie ungehalten. Das könne doch wohl nicht sein, sagte sie, eben sei doch noch besetzt gewesen. «War das etwa wieder diese Frau von gestern? Die dich noch in der Nacht erwartete?», fragte sie und pfiff anerkennend, und vielleicht hätte ich ja auch dort die ganze Zeit gesteckt. «Wie dem auch sei», sagte sie dann, und sie sagte es genauso wie die Frau aus dem Krankenhaus. Ich wisse ja sicherlich, was für ein Tag heute sei, und sie wolle nur mal ganz unverbindlich fragen, ob ich es denn nun einrichten könne, andernfalls würde sie schnell noch ihr Adressbuch durchgehen, um zu fragen, ob sonst jemand gerade Zeit habe, es wäre doch schließlich eine Schande, den Termin einfach so verfallen zu lassen, und sie habe sich doch schon extra heute freigenommen, dann piepste der Anrufbeantworter, die Ziffer auf der Anzeige sprang eine Stelle weiter, und nach wenigen Sekunden klingelte es wieder. «Ich bin es nochmal», sagte Franziska. «Ich wollte dich nur noch schnell an den Personalausweis erinnern, den darfst du natürlich nicht vergessen. Krawatte ist nicht so wichtig.«Und auf einmal hatte ich keine Lust mehr, ständig an irgendwelche Ausweise erinnert zu werden, und ich stand so ruckartig auf, dass ich mit dem Kopf an die Unterseite der Schreibtischplatte stieß. Ich hatte auch keine Lust mehr, nach irgendwelchen Erklärungen zu suchen, ich wollte es jetzt gerne einfach haben, ich wollte wieder nur noch nicken, ja, ich würde an meinen Personalausweis denken, ja, ich würde auch den Pass meines Großvaters mitbringen, ja, ich würde in den Westerwald fahren, ich würde ihn identifizieren, ich würde all das in die Wege leiten, was in die Wege geleitet gehörte, und ja, ich würde rechtzeitig um drei zurück sein, das war zu schaffen, ich würde Franziska heiraten, und ja, ich würde meinen Geschwistern alles erzählen, sogar viel mehr als nötig, das würde halt etwas dauern, und ja, ich würde mich entschuldigen, ich würde ihnen das Geld zurückzahlen, auch das würde halt dauern, aber das konnte auch ruhig dauern, weil auf einmal nichts mehr dringend wäre. Und bis dahin würde ich Schritt für Schritt alles abnicken.

Als Erstes musste ich also den Pass meines Großvaters finden, und dafür musste ich wohl oder übel hinüber ins Haus schleichen, ich wählte die Nummer, die bis vor drei Monaten noch meine eigene Nummer gewesen war, ließ es lange klingeln, dann machte ich mich auf den Weg.

                       Im Winter konnte man das Haus von meinem Fenster aus sehen, jetzt verdeckten die Blätter der Apfelbäume fast die gesamte Sicht. Dennoch hatte ich es mir angewöhnt, das Gartenhaus nur noch durch das Fenster auf der dem Haus abgewandten Seite zu verlassen. So landete ich direkt auf einem kleinen Stichweg, an dessen Ecke ich überprüfen konnte, dass die Luft vor dem Haus rein war, und auch danach schaute ich mich immer wieder um, bis ich das Vorgartentor erreicht hatte.

Seit siebzehn Tagen war ich nicht mehr hier gewesen, es kam mir viel länger vor. Und natürlich war das Haus nicht kleiner geworden, so etwas ist unmöglich, auch muss es immer schon so wenig Fenster gegeben haben. Nur der «Hier wache ich»-Aufkleber mit der Zeichnung eines Schäferhundes an der Haustür war neu, auch wenn das nach allem, was ich wusste, eine Lüge war.

Ich klingelte, vorsichtshalber mehrmals, ohne genau zu wissen, was ich hätte sagen sollen, wenn jemand aufgemacht hätte, dann öffnete ich das Tor, stieg die vier Stufen zur Haustür hoch und trat ein. Auf dem Esstisch befanden sich noch die Reste vom Frühstück und, wie es schien, auch von weiter zurückliegenden Mahlzeiten, ein kleiner Schwarm Fruchtfliegen hing über den Tellern wie ein Miniatur-Mobile, im Orangensaft trieb eine frühe Wespe.

Schon immer hat es im Haus überall gesummt, überall hat es gesirrt und gefleucht und gekrabbelt, im Sommer hatten wir engmaschige Netze vor die Fenster gespannt, doch das half wenig, immer fand sich eine Lücke, immer lockte irgendwo eine Glühbirne, die mit dem Mond verwechselt werden konnte, immerzu zischte es kurz und war dann ein paar Sekunden lang still. Selbst zur Tat schreiten durften wir allerdings nie, mein Großvater hatte die Eindringlinge unter seinen persönlichen Schutz gestellt, «Das sind arme, verwirrte Kreaturen», sagte er und belangte eine Mücke selbst dann nicht, wenn sie sich zum Saugen auf seinem Arm niedergelassen hatte. «Ich habe genug, da kann ich ruhig ein paar Tropfen abgeben.»

Und als es mir einmal gelungen war, während des Mittagessens eine Fliege zu erschlagen, bekam ich umgehend eine Ohrfeige von ihm. «Was hat sie dir getan?», fragte er mich immer wieder, und ich hielt mir weinend die Wange und sagte, sie habe mich halt genervt. «Bei uns», rief mein Großvater, «wird niemand erschlagen, weil er nervt», und er bedeckte die tote Fliege mit einer Schachtel Nikotinkaugummis.

Anscheinend war es meinem Großvater vor seiner Abreise nicht geheuer gewesen, meine Geschwister so lange unbeaufsichtigt zu lassen. Überall hingen kleine gelbe Klebezettel mit Anweisungen und Ermahnungen. «Fasse dich kurz» klebte auf dem Telefon, «Wie wäre es mit Tee?» auf der Kaffeemaschine, am Badezimmerspiegel entdeckte ich «Du bist richtig rum noch schöner».

Dieses Ausmaß an Umsorgung kannte ich von meinem Großvater bislang nicht, im ganzen Haus leuchtete es gelb, manche Gegenstände, das Bügeleisen, die Fernbedienung, den Meisen-Nistkasten auf der Terrasse, hatte er mit so vielen Hinweisen bedacht, dass man sie darunter kaum noch erkennen konnte. Selbst im Kühlschrank war, wie ich staunend feststellte, jedes Produkt mit einem solchen Aufkleber versehen, auf dem mein Großvater das auf der Verpackung ohnehin angegebene Verfallsdatum noch einmal in großen Ziffern notiert hatte. Bei den meisten lag es in der Vergangenheit.

Überhaupt befand sich das Haus in vernachlässigtem Zustand, in der Küche waren Brotkrumen und Verpackungsfetzen zwar zu kleinen Haufen zusammengefegt, dann aber nicht aufgekehrt worden, aus einer zerrissenen Mülltüte quollen Kaffeefilter und

Joghurtbecher, im Bad sammelten sich leere Klopapierrollen, das Waschbecken war verschliert, an überraschenden Orten fanden sich benutzte Tassen, Müslischalen, Apfelreste, willkürlich abgelegte Briefkuverts, die ein oder andere Socke.

Richtig ordentlich ist es bei uns ohnehin nie gewesen, ungefähr einmal im Jahr, meist wenn der Antrittsbesuch einer neuen Großmutter bevorstand, hat mein Großvater uns zusammengerufen und Aufgaben verteilt, wenn alle mit anpackten, werde es schließlich schnell gehen, doch er war stets der Erste, der sich, meist schon nach wenigen Minuten, auf den Sessel zurückzog, um «kurz mal zu verschnaufen», und wenn wir Enkel daraufhin ebenfalls unsere Arbeit einstellten, beschwerte er sich nicht.

Eine Zeitlang hatten wir früher eine Haushaltshilfe, nach drei Wochen war sie dann unsere Großmutter, keine besonders langfristige, aber dennoch stellte mein Großvater nie eine neue Hilfe ein.

Eigentlich hätte ich mich beeilen sollen, die Zeit drängte schließlich, vielleicht hatte doch eins meiner Geschwister etwas vergessen oder heute früher Schluss, und außerdem musste ich unbedingt den nächsten Zug erreichen, um noch rechtzeitig bis drei zurück sein zu können, aber irgendetwas lähmte mich, irgendetwas ließ mich erst in jedes einzelne Zimmer blicken, ließ mich all die kleinen gelben Zettel lesen («Das passt gut zu deiner braunen Hose», «Lies doch mal etwas Anständiges», «Funktioniert nicht mehr»), irgendetwas hielt mich von der Bibliothek fern, und wenn sich der Pass überhaupt irgendwo im Haus befand, dann wohl dort. Die Bibliothek, so wurde der ausgebaute Dachboden jedenfalls genannt, auch wenn er diesem Namen nur schwer gerecht wurde. Zwar gab es dort Bücher, wie fast überall im Haus türmten sie sich in gewagten Stapeln auf Boden und Mobiliar, hauptsächlich diente das Zimmer aber als Abstellfläche für alles Ausrangierte (Gartenstühle, Fossiliensammlung), für alles Defekte (Plattenspieler, Luftmatratze), für alles Veraltete (Schreibmaschine, Expander) und Skurrile (Hirschgeweih, Trampolin), für Dinge, die einmal Erinnerung sein sollten (selbstgetöpferte Seifenschalen, die Tischtennispokale meines zweitältesten Bruders), und Dinge, die auf ihren Einsatz warteten (Langlaufski, Wok).

Mein Großvater nutzte die Bibliothek als Arbeitszimmer, obwohl sich dafür andere, weit weniger zugestellte Räume angeboten hätten, und offiziell hatten wir Enkel daher keinen Zutritt. Von den Badezimmern einmal abgesehen, war die Bibliothek als einziger Raum des Hauses von innen abschließbar. «Jedem seine Privatsphäre», sagte mein Großvater, «ich gehe ja auch nicht einfach in eure Zimmer», obwohl das nicht stimmte, er klopfte zwar immer, wartete dann aber keinerlei «Herein» ab, und oft genug zeugten hinterlassene Zigarettenkippen auf der Fensterbank davon, dass er sich auch während unserer Abwesenheit in den Zimmern herumgetrieben hatte. Hin und wieder zitierte er freimütig aus dem Tagebuch meiner jüngeren Schwester, die es schließlich wegsperrte, doch die Zierschlösser der Schreibtischschubladen stellten für meinen Großvater kein rechtes Hindernis dar.

«Wie gehabt: Kein Zutritt» stand auf dem gelben Klebezettel an der Tür zur Bibliothek, dahinter gleich drei seiner keilförmigen Ausrufezeichen, und ich zögerte tatsächlich, als ob es meinem Großvater jetzt noch etwas ausgemacht hätte. Ohnehin hatten wir uns auch früher selten an dieses Verbot gehalten. Regelmäßig, wenn mein Großvater außer Haus war, waren wir zu fünft in die Bibliothek geschlichen, und obwohl stets einer von uns am Fenster Wache stand, wagten wir dort nur zu flüstern und schreckten beim kleinsten Geräusch zusammen. Doch so aufregend es auch war, sich in diesem verbotenen Bereich aufzuhalten, so sehr enttäuschte es uns doch jedes Mal, wie wenig Geheimnisvolles sich darin verbarg. Gerade vom Biedermeier-Sekretär, angeblich ein Familienerbstück und, wie die Menge umstehender Aschenbecher vermuten ließ, der Arbeitsplatz meines Großvaters, hatten wir uns mehr versprochen, eine Unzahl kleiner Fächer und Schubladen hätte etlichen Geheimnissen Platz geboten, zum Vorschein kamen aber nur Büroklammern und Münzen, Batterien, Visitenkarten und abgerissene Knöpfe. Auf der Schreibfläche stapelten sich Papiere, Zeitungsausschnitte ohne erkennbar durchgehende Thematik, Kontoauszüge, Quittungen, Geschäftspost.

Nur zweimal entdeckten wir Ungewöhnliches. Beim ersten Fund handelte es sich um eine Liste, auf der mein Großvater mit der für ihn größtmöglichen Annäherung an Schönschrift all unsere Namen einem bestimmten Tier zugeordnet hatte. «Keith – Marder» stand da zum Beispiel, neben den Namen meiner jüngeren Schwester hatte er «Seepferdchen» geschrieben, neben den meines ältesten Bruders «Hirschkäfer». Auch sich selbst hatte mein Großvater in die Liste mit aufgenommen: «Ich – Hamster».

Wir waren uns nicht ganz sicher, was diese zoologischen Verweise zu bedeuten hatten, unseren Großvater danach zu fragen, wagten wir natürlich nicht, nur mein zweitältester Bruder verkündete zu unser aller Entsetzen beim Abendbrot, dass er sich zu Weihnachten einen Hamster wünsche. Mein Großvater zeigte keine auffallende Reaktion. «So etwas kommt mir nicht ins Haus», sagte er nur und aß ungerührt weiter.

Ich vergaß die Liste, bis sie mir, Jahre später, bei einem erneuten Stöbern in der Bibliothek wieder in die Hände fiel. Das «Marder» hinter meinem Namen war durchgestrichen. «Auch Hamster» stand jetzt dahinter, und obwohl ich versuchte, die Tatsache, nun zur gleichen Tiergruppe wie mein Großvater zu gehören, als Auszeichnung zu verstehen, klang diese Neubestimmung für mich eher resigniert.

Ich konnte mich immer noch nicht überwinden, die Bibliothek zu betreten, noch nie war ich allein dort gewesen, und ich überlegte kurz, ob ich die Reihenfolge nicht doch ändern und meine Geschwister anrufen sollte, um mit ihnen gemeinsam hineinzugehen. Ich nahm mir vor, die Liste falls ich beim Suchen auf sie stoßen sollte, nicht zu beachten, ich wollte nicht sehen, zu welchem Tier mein Großvater mich mittlerweile gemacht hatte, ob ich überhaupt noch ein Tier war und nicht schon längst eine Geranie, ein Kieselstein, ein Stückchen Plankton. Und fast noch weniger wollte ich sehen, was mein Großvater wohl nun hinter seinen eigenen Namen geschrieben hatte. Dass der Hamster noch Bestand hatte, konnte ich mir bei allem, was in der Zwischenzeit geschehen war, kaum vorstellen

Irgendwann habe ich Franziska einmal gefragt, ob ich ihrer Meinung nach meinem Großvater eigentlich ähnlich sei. Ich war mir nicht sicher, welche Antwort ich mir von ihr erhoffte, und sie anscheinend auch nicht, denn sie sah mich etwas zu lange an, bevor sie schließlich «Kein bisschen» sagte. «Wirklich nicht», fügte sie noch hinzu und lächelte, wahrscheinlich ungewollt, aufmunternd.

Ich habe früher immer nur genickt, wenn mein Großvater wieder einmal sagte, wie sehr ich ihn an sich selbst erinnere, denn meistens beruhten die Gemeinsamkeiten ohnehin auf bloßen Unterstellungen. «Ich habe auch nie etwas auf die Meinung anderer Menschen gegeben», «Ich mochte früher auch kein Himbeereis, das legt sich wieder», «Ich habe in deinem Alter genauso davon geträumt, zur See zu fahren», obwohl mir dieser Wunsch sehr fremd war, und auch meinem Großvater traute ich ihn eigentlich nicht zu. Überhaupt klang vieles, was mein Großvater über seine Jugend erzählte, übertrieben, verklärend oder wie aus anderen Lebensläufen geplündert. So begegneten wir Enkel auch dem zweiten ungewöhnlichen Fund in der Bibliothek, einer Mappe mit der Aufschrift «Autobiografie», mit Skepsis. Doch statt einer Lebensbeichte oder einem Sammelsurium zweifelhafter Heldentaten enthielt die Mappe nur ein einziges, spärlich mit der Schreibmaschine beschriebenes Blatt.

«Erster Teil, Erstes Kapitel», darunter mehrere Anfänge, die allesamt nach ein paar Sätzen, manchmal auch schon nach ein paar Worten, ein paar Buchstaben abbrachen.

«Am Tag meiner Geburt regnete es» stand da zum Beispiel. «Zusammenfassend lässt sich sagen, dass» stand da, «Spr» stand da, dazwischen immer wieder Versuche, eine bestimmte

Szene, anscheinend aus seiner frühen Kindheit, zu beschreiben, «Eine Wiese. Ich muss nackt gewesen sein», «Eine Wiese im Sommer, unbekleidet laufe ich», «Eine Sommerwiese. Ich bin nackt. Mein Penis wippt hin und her», «Wiese, Sommer, was weiß ich», dann bricht das Manuskript ab.

In einer knappen Stunde musste ich am Bahnhof sein, wenn ich alles noch schaffen wollte, also riss ich den gelben Klebezettel von der Bibliothekstür, atmete noch einmal aus und trat ein.

Der Raum hatte sich allem Anschein nach weiter gefüllt, ich entdeckte den nicht mehr schaukelnden Schaukelstuhl aus dem Wohnzimmer, das seit Jahren verwaiste Aquarium, neben dem Fenster stand eine ganze Reihe noch originalverpackter Grill-Sets, und umso mehr stach im ganzen Durcheinander der Sekretär heraus. Schon von der Tür aus konnte ich erkennen, dass die Schreibfläche vollkommen leer geräumt war, offenbar war sie sogar entstaubt worden, sie glänzte geradezu, sodass ich mich kaum traute, sie zu berühren. Alles war verschwunden, die Papiere, die Kontoauszüge, die Briefe, ich fand keine Zeitungsartikel, keine Garantiescheine, von der Liste mit den Tiernamen und der angefangenen Autobiografie ganz zu schweigen. Es überraschte mich nicht, dass auch die Schubladen und Fächer ausgeräumt waren, mit Ausnahme einer übersehenen Büroklammer, die ich eine Zeitlang betrachtete, als könne sie mir irgendeinen Hinweis geben, dann legte ich sie zurück in ihr Fach.

Der Papierkorb war leer, das überprüfte ich. Ich überprüfte auch die Bücherstapel, ich verschob die abgestellten Möbel, hängte sogar die Bilder von den Wänden, doch all das blieb erfolglos.

Ich setzte mich in den nicht mehr schaukelnden Schaukelstuhl und versuchte, eine beruhigende Erklärung für das Verschwinden aller Unterlagen zu finden, vielleicht wollte mein Großvater den Sekretär verkaufen und hatte ihn dafür leer räumen müssen, vielleicht hatte er die Papiere schon vor Monaten in einem Bankschließfach deponiert, vielleicht waren auch besonders reinliche Diebe am Werk gewesen, doch nichts davon erschien wahrscheinlich, das musste ich einsehen. Ich würde seinen Pass nirgendwo finden, dafür hatte er wohl gesorgt.

Zurück im Wohnzimmer, räumte ich das Geschirr ab, ich spülte alles gründlich, ich wischte den Boden, ich brachte den Müll raus. Ich wusste nicht, ob ich hoffte, dass meine Geschwister nach Hause kämen. «Keith, bist du nicht in China?», würden sie fragen, und ich würde sagen: «Nein, wie ihr seht, bin ich nicht in China.» Wo denn Großvater sei, würden sie fragen und sich nach allen Seiten umdrehen, und ich würde sagen: «Großvater ist tot», und ich sah vor mir, wie meine Geschwister mich entsetzt anblicken, sie müssen sich hinsetzen, sie wischen sich erste Tränen aus den Augen und fragen, wie das denn passiert sei, und ich sage: «Ich habe keine Ahnung. Ich habe wirklich keine Ahnung.» Ob ich denn nicht bei ihm gewesen sei, fragen sie, und ich schüttele den Kopf. «Ich habe ihn irgendwann aus den Augen verloren», sage ich dann, weil genau das stimmte und weil es vielleicht genau das war, was mein Großvater auch gewollt hatte.

Wie befürchtet, war das Einweckglas auf dem Kühlschrank fast leer, ich nahm mir die verbliebenen Scheine und einige der größeren Münzen heraus, für die Bahnfahrt würde es vielleicht gerade reichen. Wie immer beschloss ich, mir die Summe zu merken, obwohl ich über den Gesamtbetrag dieser heimlichen Darlehen längst den Überblick verloren hatte. Früher hatte ich mal eine Liste geführt und hinter jeden Eintrag eine Zumutung aufgeführt, für die das entwendete Geld eine Entschädigung darstellen sollte, «weil ich beim Tischtennis gegen die Sonne spielen musste», «weil ich als Letzter im Jahr Geburtstag habe», «weil ich erkältet bin», «weil ich in dieser Familie lebe», und auch wenn ich die Liste schon längst nicht mehr führte, überlegte ich mir immer noch jedes Mal eine angemessene Rechtfertigung, jetzt fiel das leicht, «weil ich ihn identifizieren muss», dafür war der Betrag noch viel zu gering, geradezu ein Schnäppchen.

Auf dem kleinen Tisch neben der Garderobe lag der Block mit den gelben Klebezetteln, die letzte Ermahnung meines Großvaters hatte sich auf das oberste Blatt durchgedrückt, zu schwach, um sie lesen zu können, dennoch riss ich den Zettel ab und steckte ihn ein.

Mit der Türklinke in der Hand drehte ich mich noch einmal um und fragte mich, ob sich wohl auch mein Großvater noch einmal umgedreht hatte, um sich zu vergewissern, auch ja nichts vergessen zu haben. Ich ging zurück zur Garderobe, schrieb, die mühsamen Druckbuchstaben meines Großvaters imitierend, «Das ist für euch alle» auf einen der gelben Zettel und heftete ihn an den Rahmen des Bildes mit den galoppierenden Pferden. Dann verließ ich das Haus.

Kurz hinter Schanghai, den 22. Mai

Meine Lieben,

ich sitze auf der schmalen Rückbank eines Pick-ups, und gerade haben wir die Stadtgrenze von Schanghai bereits wieder hinter uns gelassen. Mein ausgearbeiteter Reiseplan ist endgültig hinfällig, aber das macht nun auch nichts mehr. Großvater sitzt vorne auf dem Beifahrersitz, er ist bestimmt viel zu aufgeregt, um schlafen zu können, und neben ihm, am Steuer, sitzt Dai.

Dai war der Grund gewesen, warum Großvater so schnell nach Schanghai gewollt hatte, und Dai haben wir es zu verdanken, dass wir die Stadt nun schon wieder verlassen. Aber der Reihe nach. Ein paar Stunden nachdem ich gestern ins Bett gewankt war, klopfte Großvater so lange gegen meine Zimmertür, bis ich ihn irgendwann hereinließ. Er hatte sich natürlich keine Sorgen gemacht, er entschuldigte sich nicht für seine hektische Abreise, er fragte nicht, wie mein Tag gewesen war, und auch nicht, warum ich ein eigenes Zimmer genommen hatte. Er strahlte mich nur an, rief «Wir sind so nah dran» und hielt dabei Daumen und Zeigefinger vors Gesicht, als biete er mir ein unsichtbares Bonbon an. Ich hatte schreckliche Kopfschmerzen, es fiel mir schwer, überhaupt die Augen offen zu halten. Und woran genau seien wir so nah, fragte ich, aber Großvater ignorierte die Frage, «Zieh dich an», sagte er und warf vereinzelte Kleidungsstücke aus meinem Koffer aufs Bett, «ich lade dich zum Frühstück ein» und führte mich dann aber doch nur zum Buffet des Hotels. Schon dort gab es nichts als Fisch, geräucherte Hechte, rohen Papageifisch, selbst ganze Katzenhaie starrten uns mit klarem Blick von der Anrichte an. Ich trank nur einen Tee, Großvater knabberte ein paar Seeigel und fing sofort an zu erzählen.

Gestern Vormittag in Luoyang, als ich noch bei der Post war, hatte er mit Hilfe des Concierge noch einmal beim Pekinger Theater angerufen, wo ihm drei Tage zuvor versprochen worden war, sich nach Lians Wanderzirkus umzuhören, von dem Großvater ihnen erzählt hatte. Und tatsächlich, nach etlichen Telefonaten und versandeten Spuren waren sie auf Dai gestoßen. Dai war früher selbst Akrobatin gewesen, bevor ein schwerer Unfall ihre Karriere vorzeitig beendet hatte. Mittlerweile arbeitete sie bei einer großen Schanghaier Bank, doch die Jahre nach ihrem Unfall hatte sie in einem Heim für arbeitsunfähige Artisten verbracht, «und dieses Heim, nun halt dich fest», sagte Großvater, «leitete Hu».

Wer denn bitte Hu sei, fragte ich, und Großvater sagte, das erzähle er mir später, und berichtete sofort aufgeregt weiter, wie er Dai gestern getroffen habe, was für eine hinreißende Person sie sei, und er habe ihr die ganze Geschichte von Lian und ihm erzählt, bis tief in die Nacht habe das gedauert, und am Ende sei Dai ganz gerührt gewesen und habe versprochen, ihm zu helfen. «Wobei will sie dir helfen?», fragte ich, und Großvater sagte: «Herauszufinden, ob Hu noch lebt», warf sich noch einen Seeigel in den Mund und schaute aus dem Fenster. «Er müsste mittlerweile weit über hundert sein», sagte er. «Zuzutrauen wäre es ihm.»

Für den Abend war er wieder mit Dai verabredet. «Und bis

dahin», verkündete Großvater, «machen wir uns mal einen richtig schönen Tag.»
Er hatte uns ein Tandem gemietet. «In Schanghai fahren alle mit dem Fahrrad», behauptete er, auch wenn ich mich, sobald wir uns auf der Straße befanden, schnell vom Gegenteil überzeugen konnte, weit und breit waren wir die Einzigen, die unmotorisiert unterwegs waren, in bedrohlichem Abstand rasten die Autos an uns vorbei. Großvater schien das nichts auszumachen, er trat gemächlich in die Pedale (um sicherzugehen, dass er überhaupt trat, hatte ich darauf bestanden, hinten zu sitzen), pfiff, was ich mehr sah als hörte, irgendein Lied und betrachtete die schwindelerregenden Wolkenkratzer, an denen wir vorbeiradelten, mit einem wohlwollenden Lächeln, als wären es Schafherden.
Großvater machte den Eindruck, er wisse, wohin er uns lenkte, fast eine ganze Stunde fuhren wir durch gleichförmige Straßenschluchten, in denen die Hochhäuser dicht gereiht standen, dann überquerten wir einen Fluss und waren sofort verloren in einem Gewirr kleiner Gassen, schiefer Häuser und halb verfallener Tempel, andauernd mussten wir uns ducken, um den tief hängenden Wäscheleinen auszuweichen, ein strenger Geruch lag in der Luft. «Das ist Opium», behauptete Großvater, aber ich war mir nicht sicher, ob ich das glauben sollte. Und mit einem Mal lichtete sich das Häuserdickicht, und vor uns lag ein riesiger Park. «Da wären wir», sagte Großvater, auch wenn er selbst überrascht klang. Das Verbotsschild für Fahrräder ignorierten wir («Zähl einfach mal die Lenker») und fuhren im Schritttempo vorbei an reich dekorierten Pavillons, an kreisrunden Seen, an duftenden Jasminbüschen, ausladen-

den Bambushainen und einem riesigen Beet, auf dem die verschiedenen Blumen so angeordnet waren, dass sie das detaillierte Bild einer traditionellen Teezeremonie zeigten.

Auf einer aus den überirdischen Wurzeln eines Xanhi-Baums geformten Bank pausierten wir schließlich. Vor uns erstreckten sich die gezackten Konturen Schanghais, auf der Wiese neben uns tollten ein paar Hirschkitze herum. Großvater seufzte zufrieden. «Das ist das China, wie ich es kenne», sagte er. «Du kennst es doch gar nicht», wandte ich ein, und Großvater sah mich beleidigt an. «Nur weil ich noch nie hier war, heißt das noch lange nicht, dass ich es nicht kennen kann», sagte er. Lian habe ihm so viel und so eindringlich von ihrer Heimat erzählt, dass es ihm vorkomme, als habe er jahrelang selbst hier gelebt. All die Jahre, erzählte er, habe er nachts immer wieder von China geträumt, in Kindheitserinnerungen sah er sich oft im Gelben Fluss baden oder zu den Füßen der Dorfältesten sitzen, während sie auf ihren unförmigen Gitarren chinesische Volksweisen spielten, manchmal, wenn irgendetwas Schlechtes geschehen war, habe es ihn getröstet, dass er sich schließlich in einem fremden Land befinde, das er wohl nie ganz verstehen werde. «Das hier ist meine Heimat», sagte er und breitete die Arme aus, «ob ich will oder nicht.»

Wie er Lian denn bei ihren Erzählungen über China verstanden habe, fragte ich ihn. Seine ganze Geschichte erschien mir immer noch verdächtig, bisher hatte ich mir nur keine Gedanken darüber machen müssen, ob sie wohl wahr sei oder nicht, und erst jetzt, da plötzlich dieser Hu aufgetaucht war und alles durcheinanderbrachte, bekam ich auf einmal Angst, ob sich Großvater nicht in etwas hineinsteigerte, was er sich vielleicht vor so langer Zeit einmal ausgedacht hatte, dass er es mittlerweile für eine tatsächliche Erinnerung hielt.

Aus seiner Manteltasche holte er jetzt zwei winzige Plastikflaschen mit Cognac, reichte mir eine davon und nahm einen vorsichtigen Schluck aus der anderen.

«Das mit der Verständigung war anfangs in der Tat schwierig», sagte er. Nach dem Tag, an dem der Arzt die schlimme Nachricht übermittelt hatte, an dem Lian Großvaters Wange berührt hatte, an dem Großvater zum letzten Mal in seinem Leben errötet war, wurde er stets umstandslos zum Hinterhof durchgelassen. Lian pflegte nie vor dem frühen Nachmittag aufzustehen, doch Großvater wartete trotzdem jeden Tag ab den frühen Morgenstunden auf sie. «Ich brauchte ja mein Leben lang nie viel Schlaf», sagte er, «aber in diesen Wochen erinnere ich mich nicht, überhaupt jemals ins Bett gegangen zu sein.» Aufgeregt lief er im Hof auf und ab, die Zigarettenkippen ragten ihm nach ein paar Tagen fast bis zum Knöchel, und jedes Mal, wenn Lian dann auf ihrem mit Rollen versehenen Diwan von den Dienern hineingezogen wurde, schlug sein Herz so laut, dass die Fensterscheiben zu klirren begannen.

Die ersten Tage wagte er Lian noch immer kaum anzusehen, schüchtern fütterte er sie mit Eiscreme, mit Schweinehaxen, mit Sahnetorten, wagenradgroßen Pfannkuchen und ganzen Schubkarren voller Kartoffeln, für die Lian nach anfänglicher Skepsis eine große Vorliebe entwickelte. Ihre Diener schickte sie nun immer gleich nach der Ankunft fort, in der entferntesten Ecke des Hofes verkrochen, spielten sie den ganzen Nachmittag über leise Mah-Jongg und beäugten verstohlen, wie nun Großvater Lian zwischen zwei Bissen Luft zufächelte oder mit dem Holzpaddel die Schultern massierte. «Es wurde nicht viel gesagt in den ersten Tagen», erzählte Großvater. «Aber trotzdem redeten wir pausenlos, denn alles sprach für sich.» Wie sich ihre Lippen über dem Eislöffel schlossen, sprach für sich. Wie sich ihr Hals wand, wenn er das Paddel in ihren Nackenfalten vergrub, sprach für sich. Wie ihre Wimpern flatterten, wenn er den Fächer neben ihr schwang, sprach für sich. Es sprach für sich, wie Großvater ihr hin und wieder eine Haarsträhne aus dem Gesicht schob, wie er sich bemühte, nicht zu laut zu seufzen, wenn sich ihre Arme zufällig berührten, wie er die Luft einsog, wenn er unter irgendeinem Vorwand in die Nähe ihres Haares gelangt war.

«Du bist eine sehr schöne Frau», wagte Großvater manchmal zu sagen, manchmal sagte er: «Du hast einen wunderbar ungesunden Appetit», manchmal sogar «Das Nachbeben deiner Schenkel verfolgt mich bis in meine Träume». Lian nickte dann immer, als habe sie zwar verstanden, was er da sagte, müsse aber noch darüber nachdenken, dann, zuweilen erst eine halbe Stunde später, setzte sie zu einer Antwort an, schnurrte ein paar Worte, die, so hoffte Großvater, ebenfalls für sich sprachen, und dann war es wieder still. Eine Stunde vor Vorstellungsbeginn wurde Lian immer in ihre Garderobe gezogen, sie griff stets noch einmal nach Großvaters Hand und hielt sie so fest, dass ihm vor Schmerz die Tränen kamen, und dennoch schmerzte es noch mehr, wenn sie die Hand wieder losließ, wusste er doch, dass zwar

seine Fingerknochen schnell heilen würden, Lians Körper
aber nicht mehr. Abend für Abend saß er im Publikum
und fürchtete, dass Lian nicht zu ihrem Auftritt erscheinen
würde, aber sie erschien jedes Mal, die Hanteln stemmte sie
mit immer größerer Leichtigkeit, und beim Finale suchte
ihr Blick nun sofort den meines Großvaters, die Kusshände
warf sie nur noch in eine einzige Richtung, und Großvater
fing sie «stolz und gierig wie Brautsträuße».

Es verging eine Woche, bis Lian eines Nachmittags ihre
erste Frage stellte, zumindest klang es wie eine Frage, sie
wiederholte den gleichen Satz mehrere Male und sah Großvater dabei auffordernd an. Er versuchte es mit mehreren
Antworten, «Karl», sagte er, «Fünfzehn Uhr dreißig»,
sagte er, «Im April dreiundzwanzig», sagte er, «Kalt, aber
kaum Regen», sagte er, doch Lian schüttelte nur jedes Mal
den Kopf, stellte wieder und wieder ihre Frage und winkte
schließlich einen der Mah-Jongg spielenden Diener herbei,
es war derjenige, der auch schon dem Arzt beim Übersetzen geholfen hatte, und flüsterte ihm etwas ins Ohr.
Der Diener schien erstaunt, ließ sich anscheinend mehrere
Male bestätigen, dass er richtig gehört hatte, dann blickte
er Großvater an, räusperte sich und sagte in langsamem
aber fast fehlerfreiem Deutsch: «Bitte verzeihen Sie meine
Deutlichkeit, aber die Weltsensation Lian lässt mich Ihnen
die Frage ausrichten, wann beim Bauche des Buddha Sie
denn gedenken, die Weltsensation Lian endlich zu küssen.»
Und während Großvater noch nach Atem rang, flüsterte
Lian dem Diener noch etwas zu, was der sofort weitergab:
«Die Weltsensation Lian will wirklich nicht aufdringlich
erscheinen, aber wie Sie zweifellos wissen, hat sie nicht

mehr lange zu leben und einfach keine Zeit für vorsichtige Annäherungen.» Sehr zu seinem eigenen Bedauern war Großvater zunächst sprachlos. Schließlich fasste er sich wieder und sagte zum Diener: «Wären Sie so freundlich, Lian zu fragen, ob es ihr recht wäre, wenn ich sie dann jetzt sofort küssen würde?» Der Diener beriet sich kurz mit ihr, dann sagte er: «Die Weltsensation Lian lässt Ihnen ausrichten, dass ihr das sogar sehr recht wäre.» Ob Lian vielleicht so freundlich sein könnte, die Augen zu schließen, sonst käme er sich so unbeholfen vor, ließ er den Diener ausrichten. «Wenn es der Sache dienlich ist, schließt die Weltsensation Lian mit größtem Vergnügen ihre Augen», antwortete der Diener nach kurzer Rücksprache. Ob er, der Dolmetscher, dann vielleicht auch die Augen schließen könnte, schließlich würde es nun etwas intim, fragte Großvater und war überrascht, dass der Diener auch dies übersetzte. «Die Weltsensation Lian hat gerade angeordnet, dass sämtliche Lebewesen zu Land, zu Wasser oder in der Luft, ein- oder mehrzellig, warm- oder kaltblütig, Eier legend oder lebend gebärend, frei lebend oder in Gefangenschaft, kurz gesagt, dass alle Lebewesen dieser Erde ab sofort die Augen zu schließen haben, in der Hoffnung, dadurch die Sache etwas beschleunigen zu können.»

Wenn da noch Spielraum gewesen wäre, sagte mir Großvater, hätte er sich in diesem Moment noch mehr in Lian verliebt, als er es ohnehin schon getan hatte, und er habe sich zu ihr hinübergebeugt, sei dann, als er merkte, dass er durch das bloße Hinüberbeugen nicht einmal in die Nähe ihres Mundes kam, halb auf sie hinaufgeklettert und habe, während seine Hände fast vollständig in ihren Wangen

versanken, seine Lippen auf die ihren gepresst. «Lippen
wie Daunendecken sind das gewesen», schwärmte er mir
vor, «so warm und weich und flauschig.» Und dann nahm
Lian seinen Kopf in beide Hände, selbst wenn er gewollt
hätte, wäre es nun völlig unmöglich gewesen, den Kuss zu
beenden, Lians Zunge bahnte sich den Weg in seinen Mund
und bewegte sich dort umher wie ein eingesperrtes Reptil,
ihre Brüste drückten sich mit aller Macht gegen seinen
Oberkörper, ihren rechten Oberschenkel hatte sie so fest
um Großvaters Hüfte geschlungen, dass er schon nach
wenigen Sekunden seine Beine nicht mehr spüren konn‑
te. Irgendwann löste sie dann ihre Lippen von seinen,
presste Großvaters Kopf an ihre Schulter und ließ ihm über
den Diener ihre Dankbarkeit ausrichten und auch, dass
sie nun aber dringend wieder ein paar Bissen vertragen
könnte, «und die Art, wie sie daraufhin mit dem Mund die
Kartoffeln von meiner Hand auflas», sagte Großvater,
«sprach nicht nur für sich, sondern Bände. Und zwar»,
präzisierte er, «solche, die eher unter dem Ladentisch ver‑
kauft werden.»
Von diesem Tag an küssten sie sich nicht nur zwischen
Füttern, Massieren und Fächeln fast pausenlos, auch der
dolmetschende Diener war nun immer mit dabei. «Die
Weltsensation Lian wünscht Ihnen einen guten Morgen»,
begrüßte er Großvater, sobald er mit Lian am frühen
Nachmittag in den Hof gerollt kam, «und wenn ich mir
die Freiheit herausnehmen darf», ergänzte er nach einigen
Tagen, «ich persönlich wünsche Ihnen das auch.»
Großvater nahm noch einen Schluck aus seiner Cognac‑
flasche. «Und dieser Diener», sagte er, nachdem er sich

kurz geschüttelt hatte, «hieß Hu.» – «Der Hu, den wir gerade suchen?», fragte ich. «Ganz genau der.»
Eine glückliche Woche sei das gewesen, erzählte Großvater dann weiter, die glücklichste seines Lebens wohl, auch wenn es für solche Aussagen wohl noch ein wenig zu früh sei. So leidenschaftlich seien Lians Küsse gewesen, dass er dabei vollkommen vergaß, die Lippen einer sterbenden Frau auf seinen zu haben. Und auch Lian erwähnte ihre Krankheit mit keinem Wort, im Gegenteil, in die Unterhaltungen, die sie mit Hilfe von Hu führten, mischten sich immer mehr Zukunftspläne ein, deren Unmöglichkeit ihnen wohl beiden bewusst war, auch wenn sie sich davon nicht beirren lassen wollten.

«Die Weltsensation Lian lässt Sie fragen, ob Sie sich vorstellen könnten, die Weltsensation Lian einmal in China zu besuchen», richtete Hu zum Beispiel aus, und Großvater antwortete, das wäre ihm eine große Freude und Ehre. Dass die Weltsensation Lian ihn nämlich gern ihrer Familie vorstellen würde, sagte Hu. Da werde er ja jetzt schon ganz aufgeregt, sagte Großvater. «Mein Heimatdorf ist da übrigens ganz in der Nähe», sagte Hu. Das sei ja ein Zufall, sagte Großvater. «Vielleicht können Sie dann ja auch meine Familie kennenlernen», sagte Hu, und Großvater lächelte. «Nichts lieber als das.»

Lian und er steigerten sich immer weiter in ihre Pläne hinein («Die Weltsensation Lian lässt Sie fragen, wohin die Hochzeitsreise führen soll»), sie überlegten, sich mit einem eigenen Varieté selbständig zu machen, sie stritten sogar schon ein wenig über Kindernamen («Die Weltsensation Lian lässt Ihnen ausrichten, dass sie mit Gertrud leider überhaupt nichts anfangen kann»), und nur manchmal, wenn Lian zum Abschied seine Hand drückte, drängte sich die Wirklichkeit wieder zwischen sie, und sie drängte von Tag zu Tag mehr, selbst Hu schwieg meist betreten, nur dann und wann legte auch er seine Hand auf Großvaters Schulter und flüsterte ihm ins Ohr: «Die Weltsensation Lian lässt Ihnen nun sicherlich ausrichten, dass ihre Trauer so groß ist wie die Wüste Gobi, doch ihre Liebe zum Glück so groß wie die Wüste Gobi durch eine Lupe betrachtet.»

Am Sonntag dieser glücklichen Woche gab es nur eine Matinee-Vorführung, der Abend war frei und für die Jahreszeit ungewöhnlich mild, sodass Hu vorschlug, doch einen kleinen Ausflug zu machen. «Irgendwohin, wo wir ungestört sind», sagte er und zwinkerte Großvater zu. Vier Diener zogen Lian am Abend zur kleinen Bucht am Fluss, die Großvater ausgesucht hatte, und wurden von ihr dann zum Warten eine Bucht weiter geschickt.

Auf einem zweiten Wagen hatte Großvater den kleinen Imbiss geladen, der als Picknick dienen sollte, belegte Brotlaibe, ein paar Kuchen, Birnenkörbe, sogar ein Fässchen Reiswein hatte er nach langem Suchen für ein kleines Vermögen auftreiben können.

«Ich will dich nicht beschämen», sagte Großvater zu mir, reichte mir sein leeres Cognac-Fläschchen und nahm dafür mein volles, «aber es wurde in der Tat ein gleichermaßen romantischer wie hocherotischer Abend.» Ob ich die Einzelheiten erfahren wolle, fragte er, und ich nickte zögernd und hauptsächlich, weil ich den Eindruck hatte, dass er mir sehr gern davon erzählen wollte.

Hu habe, berichtete Großvater, am Ufer ein kleines Feuer

entfacht, dessen Flammen aufgeregte Schatten über Lians Gesicht huschen ließen. Großvater und sie saßen eng umschlungen auf dem Diwan, aßen die mitgebrachten Leckereien, tauschten Kindheitserinnerungen aus, küssten sich und betrachteten schweigend, wie der dunkle Fluss starrsinnig dem Meer entgegenfloss.

Irgendwann holte Hu dann eine dieser einsaitigen Gitarren aus seiner Heimat hervor und begann ein Lied zu spielen, fremd und schön, und Lian sang dazu mit brüchiger Stimme. Wovon das Lied handele, wollte Großvater wissen. «Von einem Drachen», erklärte Hu, «der einen Fisch liebt.» Der Drache habe nicht schwimmen können und der Fisch nicht fliegen, und so hätten sie einander immer nur sehnsüchtig durch die Meeresoberfläche angeschaut, bis das Verlangen eines Tages so groß wurde, dass der Drache beschloss, ins Meer zu tauchen, auch wenn das seinen sicheren Tod bedeuten würde. Zeitgleich habe jedoch der Fisch beschlossen, in die Luft zu springen, auch wenn das ebenfalls seinen sicheren Tod bedeuten würde. Und so sei der Drache getaucht und im selben Augenblick ertrunken, als der Fisch in der Luft erstickte.

«Ein trauriges Lied», sagte Großvater. «Ganz und gar nicht», erwiderte Hu und klimperte noch ein wenig weiter auf seiner Gitarre, während Großvater, die zunehmende Kälte als Ausrede nutzend, immer tiefer in die angenehm warmen Schichten Lians hineinkroch. Leise hörte man das Lachen der Diener aus der Nachbarbucht, der Fluss rauschte behaglich, hin und wieder knisterte die Glut des Lagerfeuers, Lians flauschige Hände wanderten Großvaters Körper entlang, und jede Stelle, die sie berührt hatten, flehte sofort verzweifelt nach ihrer Rückkehr. Großvater küsste Lians Hals, die hügeligen Schultern, sein Kopf wanderte zwischen ihre Brüste, die sich sofort wieder über ihm schlossen, sodass ihm die Luft wegblieb, aber dennoch wollte er diese warme, weiche, nachgiebige Höhle nie mehr verlassen. Lian hatte seine Hose geöffnet, Großvater schob ihren Umhang zur Seite, er kletterte auf sie hinauf, ihre Schenkel umschlossen ihn, pressten ihn in sie hinein, er war ganz von Fleisch umschlossen, Arme, Schenkel, Brüste, das ganze Massiv ihres Bauches drückte sich an ihn, rieb sich an ihm, umwogte ihn, Lian seufzte, hauchte irgendetwas. «Die Weltsensation Lian lässt Ihnen ausrichten, dass Sie nicht aufhören sollen», flüsterte Hu, der plötzlich neben ihnen stand, und Großvater presste seine Hände in die weiche Masse um ihn herum, krallte sich in Lians Haar, das verschwitzt und seidig an ihrem Körper klebte wie nasses Fell.

Lians Atem ging schneller, es rasselte aus ihrer Brust, sie stöhnte, «Die Weltsensation Lian sagt: Ja», wiederholte Hu in immer kürzeren Abständen, dann hörte Großvater nichts mehr, und als er wieder zu Sinnen kam, die Arme um Lians Hals geschlungen, um nicht von ihrem bebenden Körper geschleudert zu werden, umfasste ihn mit einem Mal eine solche Trauer, dass er nicht anders konnte, als laut aufzuschreien. «Ich weiß, ich weiß», sagte Hu und strich Großvater übers Haar. Lian reagierte nicht, sie hatte den Blick abgewandt, doch Großvater konnte sehen, wie sich eine Träne ihre Wange hinabwand, und er fragte sich, ob das wohl seine eigene von ihrem ersten Treffen damals sei.

Vom Feuer war nur noch die Glut übrig, zu dritt saßen sie auf dem Diwan, Großvater in der Mitte, Lian rechts und Hu links von ihm, und alle drei schwiegen sie. Auch von den Dienern in der Nachbarbucht war nichts mehr zu hören, wahrscheinlich waren sie eingeschlafen, selbst der Fluss rauschte leiser, fast verschämt.

«Ich will nicht, dass sie stirbt», sagte Großvater zum Dolmetscher. «Lian sagt, sie wolle auch nicht, dass du stirbst», sagte der Dolmetscher nach einer kurzen Unterredung hinter Großvaters Rücken.

«Aber ich sterbe doch auch nicht», sagte Großvater.

«Lian fragt, ob du ihr das versprechen kannst.»

Großvater überlegte eine Zeitlang, dann nickte er ernst.

«Ich will mal sehen, was sich da machen lässt.»

Er sah mich jetzt zum ersten Mal während seiner ganzen Erzählung an, lächelte kurz und tätschelte mein Knie, als ob ich irgendeine Art von Zuspruch brauchen würde.

Ich hatte mir alles mit einer Mischung aus Faszination und Befremden angehört, doch so versunken musste ich in seinen Bericht gewesen sein, dass ich mich, als ich nun den Blick wieder schweifen ließ, auf einmal sehr wunderte, hier zu sein, in China zu sein, in Lians Heimat, in Hus Heimat, und mir wurde ein wenig schwindelig, weil mir Großvaters Erzählung immer noch wie eine seiner Gutenachtgeschichten vorkam und China damit ein Teil davon war, und nun befand ich mich mittendrin in seiner Erfindung, und ich musste lange überlegen, was ich mir nun davon einbildete und was nicht. «Großvater?», fragte ich ihn. «Ja?», antwortete er, und ich sagte: «Nichts.» Ich hatte nur kurz seine Stimme hören müssen, um sicher sein zu können, dass es

zumindest ihn in Wirklichkeit gab, dass er tatsächlich hier
saß, dass er mit «Ja» antwortete und nicht mit einem kehligen chinesischen Laut.
«Wollen wir was essen?», fragte er, ich nickte, und wir
setzten uns wieder aufs Tandem. Obwohl wir den Park
an derselben Stelle verließen, an der wir hineingefahren
waren, schienen wir uns auf einmal in einem völlig anderen
Stadtviertel zu befinden, statt durch modernde und verwinkelte Altstadtgassen radelten wir nun durch luftige, von
Bäumen gesäumte Straßen. Es wimmelte von vornehmen
Restaurants, Modeboutiquen und kleinen Bäckereien, aus
den geöffneten Fenstern der Jugendstil-Wohnblocks drang
Akkordeonmusik, eine Gruppe uniformierter Schulmädchen, jeweils mit einem Globus in der Hand, winkte uns
lachend zu.
Ich saß wieder hinten und versuchte Großvater anhand
der kleinen Karte im Reiseführer Anweisungen zu geben.
Allem Anschein nach waren wir in der Französischen
Konzession, dem vornehmsten Stadtviertel Schanghais.
Es war nicht einfach, während des Fahrens zu lesen, der
Wind blätterte ständig die Seiten um, eine Hand behielt ich
wegen des immer noch dichten Verkehrs lieber am Lenkrad,
außerdem wies mich Großvater andauernd auf angebliche
Sehenswürdigkeiten hin («Links die Oper», «Dahinten
das älteste Bordell Chinas», «Schau mal, ein schönes
Haus»), aber soweit ich den Reiseführer verstand, hat sich
Schanghai erst durch den Seehandel im 19. Jahrhundert
von einer Kleinstadt in die Metropole verwandelt, die sie
nun zweifellos geworden ist («Schanghai» bedeutet daher
auch «Vom Meer gebaut»). Die europäischen Einflüsse

sind dementsprechend groß, es gibt neben der Französischen Konzession auch einen spanischen Teil, einen portugiesischen, englischen und niederländischen. Selbst die belgische Minderheit lebt noch zusammen, allerdings ist das einst ausufernde Viertel im Laufe der Jahre auf die mittleren beiden Etagen eines Bürokomplexes zusammengeschrumpft.

Ich lotste uns jedoch ins Hafenviertel, in dem es zwar immer noch reichlich übel beleumundete Ecken gibt, allerdings laut Stadtführer auch die wahren Geheimtipps unter den Restaurants der Stadt. Wir entschieden uns fürs «Biyang Zhu» (wörtlich übersetzt: «der den Wind belügt»), eine winzige Hütte inmitten riesiger Lagerhallen. Wir waren zwar nicht die einzigen Ausländer, aber die einzigen Gäste ohne Tätowierung. Auf allen freigelegten Körperstellen drängten sich Drachen, Anker und Meerjungfrauen, ich erkannte verwinkelte Schriftzeichen, blutige Dolche und gebrochene Herzen, hin und wieder einen Sonnenuntergang, eine Zahnbürste, einen durchgestrichenen Frauennamen. Man würdigte uns keines Blickes, was uns ganz recht war, wir setzten uns an den einzig freien Platz, ganz hinten bei den Toiletten. Ich konnte Großvater kaum sehen, so dicht hing der Rauch von Pfeifen und Zigaretten und getrockneten Lotusblüten im Raum.

Großvater rieb sich die Hand. Endlich seien wir mal raus aus diesen Touristenfallen, sagte er und begutachtete zufrieden die vergilbten Poster, auf denen keusch lächelnde nackte Mädchen zu sehen waren, rote Sportwagen, Fußballmannschaften, auf einem sogar ein kleines Kätzchen im Weidenkorb.

Selbst die Bedienung rauchte eine Zigarette, während sie uns mehr feindselig als fragend ansah. Eine Karte schien es nicht zu geben, mit Englisch kamen wir nicht weit, also zeigten wir auf die Gerichte, die am Nachbartisch gerade mit erstaunlicher Geschwindigkeit verzehrt wurden, die Kellnerin nickte kurz, warf im Weggehen die Zigarette auf den Boden, ohne sie auszudrücken, und kam nach ein paar Minuten mit einer unbeschrifteten Flasche und zwei kleinen Gläsern zurück. Mit einem Filzstift markierte sie den Pegel, dann ging sie wieder. Großvater schenkte uns ein. «Auf Schanghai», sagte er. «Auf deine Gesundheit», sagte ich, wir tranken, und sofort brannte es auf der Zunge, es brannte im Hals, es brannte im Magen, es brannte sogar im kleinen Zeh. Ich schnappte nach Luft, meine Augen tränten. «Tut gut, oder?», fragte Großvater und schenkte uns nach. Ich schüttelte heftig den Kopf, dass ich besser keinen mehr trinken sollte, sagte ich, sonst könne ich bald für nichts mehr garantieren, aber Großvater drückte mir das Glas in die Hand. «Trink», sagte er. «Es ist höchste Zeit, dass du endlich einmal für nichts mehr garantierst.» Und ja, verdammt, er hatte recht, ich wollte für nichts mehr garantieren, streng genommen hatte ich auch nichts mehr, für das ich garantieren konnte, ich war in China, ohne in China sein zu wollen, ich verstand kein Wort, ich verstand auch nichts anderes, die Reiseplanung war mir längst entglitten, ich saß in einer Spelunke irgendwo am Ende der Welt und war auf einmal sehr erleichtert. «Auf mich», sagte ich und hob mein Glas. Großvater lächelte. «Auf dich», sagte er.
Ich habe vergessen, wie viele Gläser wir noch leerten, bevor

uns endlich das Essen gebracht wurde, zwei bis weit über den Rand gefüllte Schalen, aus denen allerhand Zangen und Tentakel und Augen und Flossen herausragten, die wir nicht zuordnen konnten, aber das störte nicht, wir schlangen alles in uns hinein und tranken zwischendurch begeistert auf den Koch, auf Schanghai, auf China mit seiner gesamten köstlichen Flora und Fauna, die Lücke zwischen Flüssigkeitsstand und Filzstiftmarkierung wurde immer größer, was zum Teil daran lag, dass beim Nachschenken nicht immer die Gläser getroffen wurden, und irgendwann schüttelte Großvater die letzten Tropfen aus der Flasche. «Auf die Weltsensation Lian», sagte ich. Großvater nickte dankbar. «Auf Lian», sagte er, dann fing er an zu weinen, erst leise, kaum hörbar, dann brach es aus ihm heraus, er schluchzte lauthals, sein ganzer Körper wurde durchgeschüttelt, es lief ihm aus den Augen, aus der Nase, aus dem Mund, und ich saß ihm hilflos und betrunken gegenüber, strich ihm ein paarmal über den Arm und wünschte mir, mitweinen zu können.

Irgendwann reichte ihm einer der großflächig tätowierten Männer vom Nebentisch wortlos ein Taschentuch herüber. Es war sichtlich benutzt, aber Großvater schnäuzte sich dennoch ausgiebig damit, wischte sich das Gesicht ab und sah mich mit kleinen Augen an. «Ich glaube, ich muss mich mal kurz hinlegen», sagte er, dann fiel sein Kopf auf den Tisch, ich räumte noch schnell die Gläser zur Seite, bevor ich meinen dazulegte.

Als ich aufwachte, erwartete ich den berechtigten Kopfschmerz, aber er blieb aus, im Gegenteil, ich fühlte mich überraschend erfrischt. Auch Großvater schien es blendend zu gehen, er saß an einem der Nebentische, spielte Karten mit einer Handvoll Matrosen und strich gerade einen Haufen Geldscheine ein, als er mich erblickte. «Gut, dass du wach bist», rief er. «Wir müssen langsam los.» Er verabschiedete sich bei jedem seiner Mitspieler per Handschlag, einer von ihnen rief ihm noch etwas hinterher, und alle übrigen lachten. Auch Großvater lachte, «Nette Jungs», sagte er, als wir auf der Straße standen. «Schlechte Spieler, aber wirklich nette Jungs.»

Dass wir uns nun aber beeilen müssten, sagte Großvater. Er hatte mit Dai verabredet, sie von der Arbeit abzuholen, auf dem Tandem machte sich der viele Schnaps allerdings wieder bemerkbar, wir schlingerten waghalsig durch den Verkehr, an Kreuzungen fielen wir regelmäßig hin, weil wir uns in unterschiedliche Richtungen lehnten, manchmal stellte Großvater das Treten auch ganz ein und kippte langsam zur Seite weg, mit einer Hand versuchte ich ihn dann wieder aufzurichten. «Alles im Griff», rief er dann schnell.

Großvater behauptete zwar, den Weg genau zu kennen, als wir aber zum vierten Mal am dreibeinigen Oriental Pearl Tower vorbeifuhren, glaubte ich ihm nicht mehr, dass es in Schanghai von diesen Türmen nur so wimmele. Wir hielten ein Taxi an, und Großvater gelang es nach vielem Hin und Her von Worten und Geldscheinen, den Fahrer davon zu überzeugen, unser Tandem aufs Dach zu schnallen.

Auf der Fahrt wurde Großvater wieder ganz aufgeregt. «Dai wird dir gefallen», sagte er. «Wenn du meinst», sagte ich. «Sie kann sich mit einem Streichholz zwischen den Zehen eine Zigarette anzünden», sagte er. «Das ist praktisch», sagte ich. «Und die Zigarette beim Rauchen zwischen den Zehen halten.» – «Aha», sagte ich. «Und die Beine sind dabei hinterm Kopf verschränkt», sagte er. Ob sie ihm das etwa vorgemacht habe, fragte ich, und Großvater schüttelte den Kopf. «Nein, aber ich bin mir sicher, dass sie das alles kann.»

Eine gute Dreiviertelstunde zu spät erreichten wir schließlich die Bank, bei der Dai arbeitete. Die Straße war fast ausgestorben, nur eine junge Frau saß im Lotussitz auf dem Bürgersteig. «Das ist sie», rief Großvater und lief sofort auf sie zu, während ich noch das Tandem vom Autodach schnallte.

«Dai, das ist Keith. Keith, das ist Dai», sagte er und strahlte uns erwartungsvoll an. Ohne sich aufzustützen, sprang Dai auf die Beine und gab mir die Hand. «Keith», sagte sie. «Ein schöner Name.»

Sie war älter, als ich auf den ersten Blick gedacht hatte, dreißig, vielleicht sogar Mitte dreißig. Ihr Körper war drahtig, fast jungenhaft, das Haar kurz geschnitten, beide oberen Schneidezähne waren aus Gold, sodass es bei jedem Wort kurz aus ihrem Mund hervorblitzte.

Meinem Großvater gab sie einen Kuss auf die Wange. «Hast du etwas herausbekommen?», fragte er, Dai lächelte, das werde sie gleich in Ruhe erzählen, jetzt wolle sie erst einmal etwas essen. Ob wir auch so hungrig seien, fragte sie, und ich nickte, auch wenn allein der Gedanke an Essen mir schon zu schaffen machte.

Wir stiegen aufs Tandem, Dai auf den hinteren Lenker, und radelten los. Wie mir Schanghai gefalle, fragte sie mich, und ich sagte, es sei eine sehr facettenreiche Stadt. «Ja», sagte

Dai und nickte traurig, da hätte ich wohl leider recht. Sie kannte sich erstaunlich gut aus, zwischen den Anweisungen, die sie Großvater zurief, «Jetzt links abbiegen», «Nach zweihundert Metern rechts», «Dem Straßenverlauf folgen», wies sie uns immer wieder auf die Sehenswürdigkeiten hin, an denen wir vorbeifuhren, und in Schanghai schien fast jedes Haus eine Sehenswürdigkeit zu sein, sie zeigte uns den Konfuziustempel, den Jadebuddhatempel und den Tempel zum Gedenken der Fünf Beamten, sie zeigte uns die Ohel-Moishe-Synagoge, das Zollhaus und das Peace Hotel, sie zeigte uns das Stadtmuseum, das Stadtplanungsmuseum, das Museumsplanungsmuseum, sie zeigte uns den angeblich teuersten Friseur Chinas, sie zeigte uns den angeblich kleinsten Wolkenkratzer Asiens, sie zeigte uns den niedlichsten Hund der Welt.

Und um uns das alles besser zeigen zu können, stellte sie sich irgendwann mitten in der Fahrt auf die Lenkerstange, und mir fiel auf, dass eines ihrer Beine kürzer zu sein schien als das andere, am linken Fuß trug sie einen flachen Halbschuh, am rechten einen mit hohem Absatz, gute fünf Zentimeter machte der Unterschied aus.

«Hier ist es», sagte Dai dann auf einmal, sprang vom Lenker, und wir folgten ihr in ein Gebäude, das von außen wie ein Spielsalon aussah, und von innen, wie wir bald feststellten, ebenfalls, in langen Reihen standen dicht an dicht blinkende Automaten, davor saß jeweils ein mittelalter Chinese auf einem Barhocker, Dai lief zielstrebig durch den Saal, öffnete am hinteren Ende eine schlichte, unbeschriftete Tür, und wir traten in eine Küche. An einem großen Herd wurden geschäftig Pfannen geschwenkt, daneben hackten zwei schwitzende Männer auf einem Tapeziertisch Gemüse, fast die gesamte Rückwand des Raumes nahm ein riesiges Aquarium ein, in dessen grünlichem Wasser sich Hunderte von Fischen, Krustentieren und Kopffüßern tummelten. In der Mitte der Küche standen fünf Plastiktische, alle waren bereits besetzt, doch Dai rief etwas, und schon schaffte eine Kellnerin einen weiteren Tisch herbei, rückte die übrigen resolut zur Seite und bat uns, Platz zu nehmen. Es war unglaublich heiß in der Küche, unter der Decke hing zwar ein großer Ventilator, doch der lief zu langsam, um irgendetwas ausrichten zu können, wir saßen so eng, dass mir andauernd die Essstäbchen vom Nebentisch in den Rücken stachen, die Pfannen zischten, die Köche schrien sich an, irgendwo war auch ein Radio laut aufgedreht. «So», sagte Dai, «hier können wir endlich in Ruhe alles besprechen.»

Zunächst ging es aber wieder ums Essen. Dass ich höchstens einen kleinen Salat möge, sagte ich zwar, doch Dai schnaubte nur verächtlich, dann nahm sie Großvater und mich an die Hand und führte uns zu dem großen Aquarium. «Was lacht euch an?», fragte sie, und als wir ratlos auf das Gewimmel schauten, rief sie die Kellnerin herbei und begann für uns alle zu bestellen, immer wieder ließ sie sich einen Fisch oder eine Krabbe, einen Oktopus, eine Qualle herausfischen, um sie aus der Nähe zu begutachten, am Ende hatte sie gut ein Dutzend Tiere ausgewählt, «Für euch auch Bier, oder?», fragte sie auf dem Weg zurück zum Tisch und winkte der Kellnerin, ohne unsere Antwort abzuwarten, mit drei erhobenen Fingern zu.

«Also, was hast du herausgefunden?», fragte Großvater, als die Bierflaschen vor uns standen. Dai nahm einen tiefen

Schluck, wischte sich den Mund ab und lächelte stolz. Sie habe viel herumtelefoniert heute, sagte sie, es sei nicht ganz einfach gewesen, aber nach etlichen Gesprächen mit Bekannten von Bekannten von Bekannten von Bekannten habe sie endlich jemanden gefunden, der ihr weiterhelfen könne. Hu sei inzwischen zwar schon sehr alt, aber er leite das Heim nach wie vor, und nach etlichen Umzügen in den letzten Jahren befinde es sich zurzeit angeblich in Fenghuang, was ein glücklicher Zufall sei, denn das liege ja nur achthundert Kilometer entfernt von hier.

Großvater zog aufgeregt kleine Streifen vom Etikett seiner Bierflasche. Wie man denn dort am schnellsten hinkomme, fragte er. Dai überlegte kurz. «Ich schlage vor, wir mieten ein Auto», und Großvater ließ von seiner Flasche ab. «Wir?», fragte er. Dai sah uns abwechselnd an. Natürlich komme sie mit, sagte sie. Oder hätten wir vielleicht etwas dagegen? «Ganz und gar nicht», sagte ich. «Im Gegenteil», sagte Großvater. Dai stieß mit uns an. «Gut, dann essen wir jetzt nur noch schnell einen Happen.»

Großvater und ich waren sprachlos, und Dai schien das zu freuen. «Von Schanghai habt ihr jetzt ja fast alles gesehen. Wenn wir gleich fahren, sind wir morgen Mittag da.»

Dann wurde das Essen gebracht, Dai lud sich ihre Schale voll und begann in Ruhe zu essen, ich knabberte nur ein wenig an einer Sojasprosse herum, Großvater rührte gar nichts an, aber ich konnte sehen, dass er lächelte.

Es ist sehr leicht, in China einen Wagen zu mieten. Wir schoben das Tandem bis zur nächsten Kreuzung, als die Ampel auf Rot sprang, zeigte Dai auf die wartenden Autos. «Sucht euch eines aus», sagte sie und ging dann, obwohl

sich Großvater für einen Sportwagen mit blaugetönten Scheiben entschieden hatte, auf einen schon etwas mehr als verbeulten Pick-up zu, klopfte an die Scheibe und begann auf den Fahrer einzureden. Nach wenigen Minuten erhitzter Verhandlung reichte sie ihm einen Stapel Geldscheine, der Fahrer stieg aus, sah Großvater und mich skeptisch an, prüfte dann den Reifendruck des Tandems, stieg auf und fuhr wortlos davon. «Alles klar», sagte Dai, setzte sich ans Steuer, Großvater bekam den Platz neben ihr, und ich quetschte mich auf die schmale Rückbank. Dass wir noch unser Gepäck aus dem Hotel holen müssten, sagte ich, doch Dai meinte, dafür hätten wir keine Zeit. «Das holen wir auf dem Rückweg.»
Wir sind jetzt schon fast drei Stunden unterwegs, gut die Hälfte davon haben wir gebraucht, um aus Schanghai herauszukommen, jetzt geht es durch riesige Industriegebiete, links und rechts endlose Reihen von Schornsteinen, Dai hat die Nebelscheinwerfer eingeschaltet, dennoch reicht die Sicht nicht weit. Sie und Großvater tuscheln viel, ich kann nicht verstehen, was sie sagen, manchmal lachen sie, manchmal streicht ihm Dai kurz über den Kopf.
Ich werde nun versuchen, ein wenig zu schlafen.
Ob es Euch wohl gutgeht?
Auf ganz bald,
K.

Es war ungewohnt, im Zug zu sitzen, ungewohnt, sich fortzubewegen, ungewohnt, auf einmal von so vielen Menschen umgeben zu sein, die mich sehen konnten, auch wenn sie von dieser Möglichkeit nur selten Gebrauch machten. Ich nickte ihnen trotzdem allen zu.

Nach einer Dreiviertelstunde musste ich umsteigen, und auf einmal hoffte ich, dass der zweite Zug doch keine Regionalbahn war, dass stattdessen eine Dampflok einfahren würde, eine verirrte Transsibirische Eisenbahn, ich würde allein in einem Abteil sitzen, vor mir ein dampfender Samowar, und tagelang zöge nur Landschaft an mir vorbei, Wälder und Felder und Berge und Wüsten, und erst in China würde ich aussteigen, zwar reichlich verspätet, aber immerhin.

Doch natürlich kam nur der Regionalexpress, ich stieg ein, und was dann vorbeizog, war lediglich Westerwald, den kannte ich schon von den Postkarten meines Großvaters. Und hier hatte er doch wohl nicht bleiben wollen, das konnte doch wohl nicht sein Plan gewesen sein, und er musste doch einen Plan gehabt haben, der dann unerwartet durchkreuzt worden war, er musste doch ein Ziel gehabt haben, das dann nie erreicht wurde, denn das Einzige, was mich noch trauriger machte als die Tatsache, dass er sein Vorhaben, wie auch immer es genau aussah, nicht zu Ende hatte führen können, war die Möglichkeit, dass er es vielleicht doch zu Ende geführt hatte, dass womöglich nichts leichter gewesen war, als es zu Ende zu führen, weil es gar keinen richtigen Plan gegeben hatte, weil es ihm zum Schluss schlichtweg gleichgültig geworden war, wie ihm so vieles, fast alles irgendwann gleichgültig geworden war, aber wenn er sich schon so dramatisch auf eine letzte Reise begeben hatte, als wäre er doch kein Hamster, sondern ein Elefant, wenn er schon seine

Spuren zu verwischen versucht hatte, wenn er schon unbedingt verschollen sein wollte, dann hätte er sich doch wenigstens ein kleines bisschen weiter entfernen können, denn im Westerwald verscholl es sich nun einmal schlecht.

Die Pathologie lag, wie es sich gehörte, im Keller. Der Flur war ausgestorben, meine Schuhe quietschten viel zu laut auf dem Linoleum, ich wollte nicht gehört werden, ich wollte nicht gesehen werden, ich wollte, dass der Flur kein Ende nahm, dass er sich nur immer weiter erstreckte, einmal um die ganze Erde herum, und so die Pfeile auf den Hinweisschildern nur eine Richtung vorgaben, kein Ziel. Aber natürlich kam dann irgendwann die Milchglastür, «Bitte nur einmal klingeln» stand daneben auf einem kleinen Schild, was mir unnötig erschien, wer hatte es hier schon eilig. Ich atmete ein paarmal ruhig durch, strich mir sogar noch einmal durchs Haar, als ob ich einen Antrittsbesuch vor mir hätte, und machte mich auf das Schlimmste gefasst.

Ich hatte noch nie einen toten Menschen gesehen. Meine einzige Erfahrung mit dem Tod war Friedrich oder Vincent gewesen, unser kurzzeitiger Kater. Nur Großvater war bei ihm, als der Arzt die Spritze setzte, wir Enkel mussten im Wartezimmer bleiben, was uns ganz recht war. Ich erinnere mich, dass wir zwar traurig schauten, als mein Großvater mit dem leblosen Friedrich oder Vincent auf dem Arm zu uns stieß, aber hauptsächlich, weil wir wussten, dass sich das so gehörte. Mein Großvater hingegen war vollkommen verstört. «Ich habe tatsächlich gehört, wie das Leben aus ihm wich», erzählte er uns auf der Rückfahrt. Ein leises Geräusch sei das gewesen, eine Art Kli cken, und er sah sich im Auto nach einer Vergleichsmöglichkeit um, öffnete und schloss das Handschuhfach schließlich ein paarmal und sagte: «So ähnlich, aber noch leiser.»

Zu Hause angekommen, ließ er uns schnell den Esstisch abräumen, damit Friedrich oder Vincent dort aufgebahrt werden konnte. Wir wollten ihn eigentlich so schnell wie möglich beerdigen, doch mein Großvater bestand darauf, die Leiche noch gemeinsam mit uns zu betrachten, mindestens eine Stunde lang, das seien wir dem Kater schuldig. «Schaut ihn euch genau an», sagte mein Großvater. «Er wird nie wieder lebendig werden. Er wird keinen einzigen Vogel mehr jagen, er wird sich nie mehr rekeln, er wird nie mehr schnurren, er wird sich nie mehr die Pfoten lecken, er wird nie mehr die Augen schließen, er wird nie wieder etwas riechen, er wird nie wieder etwas schmecken, er wird sich nie wieder etwas vornehmen, er wird nie wieder glücklich sein, er wird nie wieder traurig sein, er wird nie wieder etwas wollen, er wird nie wieder Schmerzen haben, er wird nie wieder etwas hoffen, er wird nie wieder diese Leere in sich spüren, er wird keinen einzigen Tag älter werden, und er wird nichts mehr bereuen, er wird nichts mehr vermissen, er wird endlich die Gewissheit haben, dass von nun an nichts mehr schlimmer werden kann.» Nach und nach begannen wir alle zu weinen, und mein Großvater hörte auf zu reden, betrachtete Friedrich oder Vincent nur noch mit einem Blick, den ich nicht richtig einordnen konnte, sehr viel Müdigkeit lag jedenfalls darin.

Als die Stunde um war, durften wir den Kater endlich begraben. Jeder sagte ein paar Worte, nur als die Reihe an meinem Großvater war, winkte er ab. «Er kann uns nicht hören», sagte er. «Das konnte er nie, er war ein Kater», dann ging er ins Haus zurück, und wir sahen ihn für den Rest des Tages nicht mehr.

Ich drückte auf den Klingelknopf, ich drückte ein zweites Mal, ein drittes Mal, ich hörte selbst dann nicht auf zu klingeln, als von drinnen hastige Schritte zu hören waren, als ein «Ist ja gut» zu hören war, ich klingelte weiter, als die Tür aufgerissen wurde und die Pathologin mich böse anblitzte. Sie sah überhaupt nicht so aus, wie ich sie mir am Telefon vorgestellt hatte. Sie war höchstens dreißig, braun gebrannt, in ihrem linken Nasenflügel glänzte ein kleiner Strassstein. Ob ich nicht lesen könne, fragte sie, und obwohl ich sagte, doch, das könne ich, musste sie schließlich meinen Finger von der Klingel zerren. «Was ist denn?», fragte sie dann.

«Ich bin Keith Stapperpfennig. Wir haben telefoniert.»

Die Pathologin hob ihre Augenbrauen. «Schön, dass Sie es einrichten konnten», sagte sie und bemühte sich sehr, das unaufrichtig klingen zu lassen. Dann drehte sie sich wortlos um und ging den kleinen Flur entlang, öffnete eine Doppeltür und ließ mir den Vortritt.

Der Raum war kleiner als gedacht, aber sonst sah alles so aus wie ich es erwartet hatte. Das Neonlicht war da, das Karge war da, die Kälte war da, das Brummen. Das Kühlregal bedeckte fast die komplette linke Wand, etwa zwanzig metallene Schubfächer gab es, und ich fragte mich, wie viele davon wohl belegt waren.

Die braungebrannte Ärztin ging zielstrebig auf eines der Fächer rechts unten zu, zog es mit beiden Händen auf, und ich hielt den Atem an, weil ich dachte, dass mir nun mein Großvater nackt und eingefallen entgegenrollen würde, doch ich hatte den weißen Ganzkörpersack vergessen, auch den kannte ich doch aus den Filmen. Das, was wohl Füße waren, hob der Sack am unteren Ende, sonst zeichnete sich zum Glück nicht ab. Die Ärztin sah mich an. «Sind Sie bereit?», fragte sie, und wahrscheinlich musste sie das fragen, aber tatsächlich war da so etwas wie Mitgefühl in ihrer Stimme. Ich nickte, auch wenn das nicht stimmte, denn natürlich war ich nicht bereit, wann war man das schon, und natürlich war das deshalb eine ganz und gar unsinnige Frage, sie sollte besser «Vorsicht» sagen, oder «Viel Glück», und dann zog sie den Reißverschluss ein Stück weit herunter, und ich sah das Haar meines Großvaters, die Stirn meines Großvaters, ich sah seine buschigen Augenbrauen, die geschlossenen Lider, ich sah seine ausladende Nase, den schmalen Mund, ich sah sein eckiges Kinn, ich sah den verschrumpelten Hals, dort endete mein Blick, weiter war der Sack nicht geöffnet, und ich spürte den Blick der Ärztin auf mir, ich durfte die Augen nicht schließen, ich durfte nicht seufzen oder aufschreien oder schluchzen, ich durfte auch nicht zu lange hinschauen, dabei wollte ich lange hinschauen, mindestens eine Stunde lang, ich wollte mir nichts entgehen lassen, mir alles einprägen, jeden Hautfleck, jede Falte, jedes einzelne Haar. Er sah jünger aus als in den letzten Monaten, etwas blass natürlich, zwischen Nase und Mundwinkel hatte sich ein tiefes Dreieck gebildet, aber sonst wirkte er erholt, fast genießend, als rage sein Kopf nicht aus einem Leichensack, sondern aus einem Schaumbad.

Die Ärztin räusperte sich. Ich sah zu ihr auf und lächelte. «Das ist nicht mein Großvater.»

Fenghuang, den 23. Mai

Meine Lieben,

ein schöner Tag war das heute, der schönste unserer Reise, der schönste überhaupt seit langem. Ich liege allein in einem Herbergszimmer in Fenghuang und versuche, nicht auf die Geräusche aus dem Nebenzimmer zu achten. Morgen wird die Reise wohl zu Ende sein, so oder so. Und auf einmal stimmt auch mich das traurig. Ich werde China vermissen, ich werde Großvater in China vermissen, ich werde sogar Dai vermissen, obwohl ich sie nur so kurz kennenlernen durfte.
Wahrscheinlich habt Ihr Euch, genau wie ich, längst gewundert, dass Dai so gut Deutsch spricht. Gestern Nacht auf der Fahrt habe ich sie danach gefragt, und sie hat mich überrascht angeblickt. «Ach, das ist Deutsch?» Wie sich herausstellte, spricht Dai nämlich ein gutes Dutzend Sprachen, sie sei in ihrer Jugend viel herumgekommen, und Schanghai sei nun einmal eine ziemlich internationale Stadt. Allerdings wisse sie von den wenigsten Sprachen, wie sie heißen oder wo sie gesprochen werden. Sie hat dann ganz interessiert nachgefragt, und Großvater und ich haben ihr viel von Deutschland erzählt, von seiner Landschaft, seiner Geschichte, von der Politik, der Musik, dem Essen, und Dai hat mit großen Augen zugehört, dann hat sie gelacht und gesagt: «Ach kommt, das denkt ihr euch doch alles gerade aus.»

Nach ein paar Stunden Schlaf weckte mich Dai. Ob ich nun einmal das Steuer übernehmen könne, fragte sie, die nächsten fünf, sechs Stunden gehe es nur noch geradeaus. Wir tauschten die Plätze, Dai schlief sofort ein, und auch Großvater fielen die Augen zu, aber ich wollte nicht alleine hier sitzen, ich wollte nicht wieder sein Fahrer sein. «Du schuldest mir noch das Ende deiner Geschichte», sagte ich deshalb. Großvater blinzelte, die erzähle er mir morgen, sagte er, aber das ließ ich nicht gelten. «Ich fahre hier mitten in der Nacht Hunderte von Kilometern zu einem Ort, der nicht im Entferntesten auf unserer Reiseroute liegt», sagte ich, und dass ich wohl ein Recht hätte zu erfahren, was genau er eigentlich suche. Und außerdem habe er Dai anscheinend schon alles erzählt, was ja wohl ungerecht sei. Großvater rieb sich die Augen, setzte sich aufrecht hin, nickte ein paarmal, dann sagte er: «Wenn ich wüsste, was genau ich suche, hätte ich es dir längst gesagt.» Er schaute verschlafen aus dem Fenster, die Industriegebiete hatten wir hinter uns gelassen, jetzt fuhren wir durch fast unbebaute Landschaft, in der Ferne leuchteten irgendwelche Städte, deren Namen wir nicht kannten, es gab kaum Verkehr, nur hin und wieder überholte uns ein Lastwagen, ein Viehtransporter, ein laut klingelndes Fahrrad.

«Lian ist tot», sagte Großvater schließlich. «Und all das ist schon so lange her, dass ich manchmal befürchte, es mir nur eingebildet zu haben.» Er sah mich jetzt an. «Ich will einfach nur eine handfeste Erinnerung, verstehst du?» Die Zeit mit Lian sei so schrecklich kurz gewesen, aber das hätten sie natürlich nicht wahrhaben wollen, und so gebe es keine Andenken aus dieser Zeit, keinen Liebesbrief, keine

Haarlocke, keine getrocknete Kartoffelschale, keinen Kieselstein von ihrem gemeinsamen Abend am Ufer.
Es blieb, sagte Großvater, bei dieser einzigen Liebesnacht. Denn beide wussten sie, dass eine solche Nacht in dieser Unbeschwertheit nicht zu wiederholen war. Großvater sei anschließend in eine lähmende Traurigkeit verfallen. Kaum anschauen konnte er Lian am nächsten Tag, denn auf einmal waren die Zeichen ihrer Krankheit nicht mehr zu übersehen. Von Tag zu Tag wurde sie nun blasser, tiefe Ringe bildeten sich unter ihren Augen, das Haar fiel ihr büschelweise aus, die Fingernägel brachen, auch strömte sie nun fortwährend einen süßlichen Geruch aus. Bis heute, sagte Großvater, ertrage er deshalb keine Kondensmilch.
Lian trat zwar nach wie vor jeden Abend im Varieté auf, aber ihre Hanteln wurden immer leichter, das Finale mit der Pyramide sogar ganz gestrichen, und hin und wieder stemmte sie nur lustlos die ersten paar Gewichte, bevor sie ohne eine Verbeugung die Bühne verließ, das Publikum murrte immer häufiger, daran konnten auch die Akrobaten nichts ändern, die dann noch einmal auf die Bühne stürmten, um mit irgendwelchen improvisierten Formationen vom missglückten Finale abzulenken.
Auch an den Nachmittagen, erzählte Großvater, umgab Lian nun eine beklemmende Schwermut, die sich vor allem in ihrem Essverhalten niederschlug. Nur mit großer Mühe gelang es Großvater, Lian einige wenige Löffel Eis aufzudrängen, ein halbes Stück Kuchen, vielleicht eine Handvoll Kartoffeln. Die Zahl ihrer Kinne nahm rapide ab, der Seidenumhang warf immer mehr Falten, Lian sprach

wenig, so wenig, dass Hu sich genötigt sah, das Schweigen immer mal wieder mit einem «Die Weltsensation Lian lässt Ihnen noch immer nichts ausrichten» zu unterbrechen.

Und irgendwann hielt Großvater diese Stimmung nicht mehr aus. «Komm, wir fahren weg, irgendwohin, wo du schon immer einmal hinwolltest», schlug er vor, doch Lian zuckte nur mit den Schultern. Sie sei überall schon gewesen, sagte sie. «Dann kaufen wir dir das, was du dir schon immer einmal gewünscht hast», aber auch darauf reagierte Lian gleichgültig, sie wolle nichts mehr haben, sagte sie. Großvater schlug noch vieles vor, aber Lian hatte alles schon gegessen, was sie einmal essen wollte, sie hatte alles schon gerochen, was sie noch einmal riechen wollte, alles schon geklärt, was es zu klären gab, sie hatte alles schon gesagt, alles schon gehört, alles schon gespielt, alles schon beteuert, alles schon berichtigt, alles schon gefühlt. «Gibt es denn da gar nichts», fragte Großvater, «nicht einen einzigen unerfüllten Wunsch?», und Lian betrachtete lange die Kartoffeln in ihrer Hand, dann lächelte sie auf einmal und flüsterte etwas. Großvater sah, wie Hu sich in die Wangen biss, um nicht laut aufzulachen. «Lian erinnert sich gerade», sagte Hu dann so beherrscht wie möglich, «wie sie als Kind immer davon geträumt hat, einmal Seiltänzerin zu werden.» Und Großvater wusste nicht, was daran wohl zum Lachen sein sollte, er nickte ernst. «Du wirst seiltanzen», sagte er dann und wartete gar nicht ab, bis Hu das übersetzt hatte. «Du wirst schon am Ende dieser Woche seiltanzen, das wird das größte Finale sein, das es im Varieté jemals zu sehen gab, das Publikum wird dir so laut zujubeln, dass wir Ohrenschützer verteilen müssen, noch Tage, was sage ich, noch Wochen später werden sie klatschen.» Großvater konnte gar nicht aufhören mit seinen Versprechungen, so froh war er, endlich ein Ziel gefunden zu haben, einen Ausweg gefunden zu haben, statt nur noch abzuwarten und tatenlos mit anzusehen, wie Lian verendete, wie das Massiv von Macau vor seinen Augen zerbröckelte.

Hu kam mit dem Übersetzen kaum hinterher, und auch er wurde immer lauter, immer ausschweifender, sodass Großvater sogar vermutete, er würde dem Gesagten noch weitere Dinge hinzufügen. Lian hörte alldem ungerührt zu, dann schüttelte sie nur langsam den Kopf. Doch Großvater nahm das Kopfschütteln nicht hin, schon damals ließ er sich von so etwas offenbar wenig beeindrucken. «Morgen fangen wir an», sagte er und sprang auf, um sofort mit den Vorbereitungen zu beginnen. «Schlaf dich gut aus, das wird ein anstrengender Tag», rief er noch, dann verließ er den Hof, das Theater, und erst ein paar Straßen weiter merkte er, dass er vor sich hin pfiff.

Großvater gähnte schon wieder und ließ sich tief in den Beifahrersitz hinab, die Augen hatte er geschlossen. «Wehe, du schläfst jetzt ein», sagte ich und drehte die Lüftung so weit auf, wie es ging. «Und wennschon», sagte Großvater, «ich kenne die Geschichte so gut, dass ich sie auch im Schlaf erzählen kann», und tatsächlich zuckte er während seiner Erzählung immer mal wieder ruckhaft zusammen, hin und wieder entfuhr ihm auch ein Schnarchen, aber er erzählte ohne nennenswerte Pausen, im Gegenteil, die Worte flossen ineinander, und nur manchmal verschluckte er ein paar Endsilben.

Am nächsten Tag sei er schon früh in den Hof gekommen, berichtete er, während ich konzentriert auf die schnurgerade Straße vor mir blickte. Auch wenn es noch gar nicht viel vorzubereiten gab, denn es galt, behutsam anzufangen, und als ersten Schritt wollte er Lian nur einmal mit dem Seil vertraut machen. Er legte es diagonal von einer Ecke des Hofes zur gegenüberliegenden auf dem Boden aus, und als Lian am frühen Nachmittag auf ihrem Diwan hereingezogen wurde, forderte er sie schon nach wenigen Löffeln Eis dazu auf, doch nun ein paar Schritte auf dem flachen Seil zu versuchen. «Es kann ja nichts passieren», sagte er. Lian betrachtete das Seil eine Zeitlang, dann sank ihr Kopf wieder hinab. Das habe doch keinen Sinn, ließ sie Großvater ausrichten, und er sprang auf, natürlich habe das Sinn, nichts anderes habe Sinn, noch nie habe etwas so viel Sinn gehabt, und er lief mit ausgestreckten Armen über das Seil und wieder zurück, trat auch nur ein- oder zweimal daneben. «Schau», rief er, «es ist ganz einfach.» Aber Lian hatte gar nicht hingeschaut, und als Großvater sich wieder neben sie setzte, klopfte ihm Hu tröstend auf die Schulter. «Die Zeit wird nicht reichen», sagte er, «es ist zu spät.»

Doch Großvater wollte nicht, dass es zu spät war. Fast eine Stunde lang schüttelte er stumm den Kopf, dann nickte er auf einmal. «Ihr habt recht», sagte er. «Die Zeit wird nicht reichen. Wir können es uns nicht erlauben, so behutsam zu beginnen.» Und er stand wieder auf, nahm das Seil vom Boden, lief damit in den dritten Stock des Varietés und spannte es dort von einem Fenster im Treppenhaus quer über den Hof zu einem anderen Fenster. «Komm», rief er dann zu Lian in den Hof hinunter, «das ist ein Kinderspiel», und Hu rief nach kurzer Unterredung zurück, dass Lian aber kein Kind mehr sei, und Großvater rief: «Umso besser», dann müsse sie noch viel weniger Angst haben, und das Seil sei stabil genug, versprochen, und Hu rief, dass Lian sage, Großvater könne ja schon einmal vorgehen, und Großvater rief zurück: «In Ordnung», und ehe er es sich versah, war er aus dem Fenster gestiegen und befand sich, wild mit beiden Armen rudernd, auf dem straff gespannten Draht.

Großvater hatte jetzt wieder die Augen geöffnet und sah mich vom Beifahrersitz aus an. «Ich hatte in meinem Leben noch nicht solche Angst gehabt», sagte er. Sein Puls, seine Knie, sein Magen, seine Hände, sie alle machten ihm mehr als deutlich, dass er nicht dorthin gehöre, er schwankte so sehr, dass mal die linke, mal die rechte Hofseite auf ihn zugerast kam. «Und dann», sagte er, «sah ich Lian.» Selbst aus zehn Metern Entfernung war ihr Körper noch gewaltig. Den Kopf weit in den Nacken geworfen, sah sie zu ihm empor, ihr Mund stand so weit offen, dass er bis tief in ihren Hals hinunterschauen konnte, und aus ihren Augen war die Schwermut vollkommen verschwunden. Nur noch blankes Entsetzen spiegelte sich darin. «Und auf einmal wusste ich», sagte Großvater, «dass ich nicht fallen durfte.» Und sein Puls, seine Knie, sein Magen und seine Hände wussten es auf einmal auch und hörten schlagartig auf zu rasen, hörten auf zu zittern, hörten auf, sich umzudrehen und zu schwitzen. «Ich kann mich an die folgenden Sekunden meines Lebens nicht erinnern», sagte Großvater, erst als er das andere Fenster erreicht hatte, als er ins Treppenhaus gestiegen und dort zitternd zusammengebrochen war, kam er wieder zu sich. «Bestimmt eine halbe Stunde lag ich da», sagte Großvater, dann sei er wieder aufgestanden, habe sich die Haare gekämmt, ein paarmal tief durchgeatmet und sei pfeifend zurück in den Hof gegangen. «So weit alles in Ordnung da oben», sagte er zu der immer noch staunenden Lian, und dass nun sie an der Reihe sei, und Lian drehte sich zu Hu um und redete lange mit ihm, und dann nickten beide, jeweils nur einmal und nicht besonders tief, aber das reichte Großvater. Mit Hus Hilfe baute er sofort eine Rampe, und während alle verfügbaren Diener den Diwan die Treppe hinaufzogen, lief er zum gegenüberliegenden Fenster, um Lian am anderen Ende des Seils zu erwarten.

Er wartete lange, und gerade als er wieder hinuntergehen wollte, betrat sie das Fensterbrett. Sie füllte es komplett aus, ungefähr fünfzehn Meter trennten sie von Großvater, doch er konnte genau sehen, wie ihre Augen flackerten, wie ihre Nasenflügel bebten, wie sich auf ihren Unterarmen eine Gänsehaut bildete. «Schau nur auf mich», rief er, und das tat Lian, sie tat aber nichts anderes und bewegte sich keinen Zentimeter. «Lauf einfach los», rief Großvater, «als ob du etwas bei mir vergessen hättest, was du nur schnell holen musst», und er hörte leise Hus Stimme, aber Lian rührte sich noch immer nicht. Großvater rief noch vieles, er rief, bis er heiser war, und Lian blieb die ganze Zeit regungslos stehen, ihren Blick starr auf Großvater gerichtet. Dann wurde es Zeit, sich für die Vorstellung zurechtzumachen, Lian verließ den Fensterrahmen, und Großvater empfing sie unten im Hof. «Vielleicht morgen», übersetzte Hu, und

Lian strich Großvater sanft über die Wange, als ob er es wäre, der getröstet werden müsste.

Doch auch am nächsten Tag betrat Lian nicht das Seil. Sie ließ sich zwar nun gleich nach ihrer Ankunft ans Fenster des dritten Stockes ziehen, doch auch diesmal verharrte sie dort starr den gesamten Nachmittag, obwohl Großvater noch lauter rief, obwohl er ermutigende Schilder hochhielt, obwohl er flehte und drohte und anfeuerte und schimpfte und mit allen möglichen Köstlichkeiten lockte. Lian bewegte nicht einmal einen Finger, und im Hof ließ sie ihm dann wieder ein «Vielleicht morgen» ausrichten, und Großvater sagte: «Ja, vielleicht morgen», und knickte seine ermutigenden Schilder zusammen. «An diesem Tag verpasste ich das einzige Mal eine von Lians Vorstellungen», sagte Großvater. Und auch wenn er gewusst habe, dass er es anschließend bitter bereuen würde, sei es ihm einfach nicht möglich gewesen. Er lag auf dem Bett und starrte an die Decke, der Schlussapplaus drang gedämpft in sein Zimmer, und wenig später klopfte es, und obwohl Großvater nicht «Herein» sagte, betrat Hu schüchtern das Zimmer. «Wo waren Sie?», fragte er, Lian sei sehr enttäuscht gewesen, ihn nicht zu sehen, und Großvater sagte, er selbst sei halt auch sehr enttäuscht. «Wovon denn?», fragte Hu und setzte sich auf die Bettkante. Großvater verschränkte die Arme. «Davon, dass Lian nicht einmal versucht, sich ihren letzten Wunsch noch zu erfüllen.» Hu saß sehr aufrecht, seine Handflächen ruhten exakt parallel zueinander auf den Oberschenkeln, er räusperte sich kurz, «Ich bin mir nicht sicher, ob das Lians letzter Wunsch ist oder der Ihre», dann stand er auf, verbeugte sich und verließ das Zimmer, und

Großvater blieb allein zurück, und in diesem Moment habe er sich so klein gefühlt «wie der i-Punkt eines auf ein Reiskorn geschriebenen Namens».

Er nahm sich vor, das Seiltanzen am nächsten Tag nicht mehr zu erwähnen, und umso überraschter war er, als er beim Betreten des Hofes Lian bereits im Fensterrahmen stehen sah. Er beeilte sich, seine Position am anderen Ende des Seils einzunehmen, er rief nichts, er hielt nichts hoch, er lockte mit nichts, und nach zwei Stunden hob Lian, den Blick unentwegt auf Großvater gerichtet, vorsichtig ihren linken Fuß vom Sims und ließ ihn aufs Seil hinab, dort blieb er, schob sich Zentimeter für Zentimeter nach vorne, stellte sich mal auf die Ballen, mal auf die Hacke, die riesigen Zehen schlangen sich um den dünnen Draht, und Großvater versuchte zu lächeln, aber entweder misslang es ihm, oder Lian bemerkte es nicht einmal, denn sie lächelte nicht zurück. Irgendwann hatte sich ihr linker Fuß so weit aufs Seil geschoben, dass sie das Bein ganz durchstrecken musste, im Ausfallschritt stand Lian nun da, die Arme bereits zu den Seiten ausgestreckt, den Kopf schon im Freien, doch der rechte Fuß löste sich einfach nicht vom Sims, und die Dämmerung kam, und die Maskenbildner mahnten, und Zentimeter für Zentimeter zog Lian ihren linken Fuß zurück und verschwand aus dem Fensterrahmen, und im Hof sagte sie nicht mehr: «Morgen vielleicht», denn am nächsten Tag war schon die letzte Vorstellung, die Heimreise stand bevor, der Abschied stand bevor, «und es gab nichts daran zu zweifeln», sagte Großvater, «dass es ein Abschied für immer sein würde». Das sagte er schon sehr leise, und «Am nächsten Tag, unserem letzten Tag, suchte

ich», sagte er noch leiser, und dann sagte er gar nichts mehr, er war eingeschlafen, und so fest ich ihn auch rüttelte, er wachte nicht wieder auf, sein Schnarchen tönte voll und gleichmäßig, draußen brach der Morgen an, und ich wollte weiter geradeaus fahren, einfach immer geradeaus, durch die Wüste Gobi, durch den Himalaja, die Seidenstraße entlang, ich wollte kein Ziel haben, hin und wieder würden Dai oder Großvater aufwachen, «Sind wir schon da?», würden sie fragen, und ich würde sagen: «Noch nicht ganz.»
Die Landschaft füllte sich wieder, die Häuser wurden größer, der Verkehr nahm zu, und dann sah ich im Rückspiegel, wie Dai erwachte. Sie blinzelte ein paarmal, sah kurz aus dem Fenster. «Ich kann dich jetzt wieder ablösen», sagte sie.

Am frühen Nachmittag erreichten wir die Stadtmauer von Fenghuang. Sie bildet noch immer einen abgeschlossenen Kreis rund um die Stadt, wenn sie auch an einigen Stellen schon so zerfallen ist, dass sie einem kaum bis zum Knie reicht. «Lass uns etwas essen», schlug Dai vor, wir parkten das Auto und weckten mit vereinten Kräften Großvater. «Wo bin ich?», fragte er und schaute sich verwirrt um. «Fast am Ziel», sagte Dai, und Großvater schien sich nun zu erinnern, er lächelte, aber nur kurz, dann blickte er ängstlich zu Boden. «Am Ziel», wiederholte er.
In einem kleinen Lokal, dessen Wände bis zur Decke mit Autogrammkarten gepflastert waren, nahmen wir ein spätes Frühstück zu uns, Teigtaschen gefüllt mit einer süßen Ingwermasse, dazu überraschenderweise Hagebuttentee. Dai aß nichts, sie rauchte nur eine Zigarette, und ich war

enttäuscht, dass sie das mit ihren Händen tat. Großvater besah sich die Menschen auf den Autogrammkarten. «Für mich sehen die alle gleich aus», sagte er, und Dai meinte, das sei kein Wunder, es handele sich auch immer um dieselbe Person. Wer das denn sei, fragte ich, und Dai zuckte die Schultern. «Keine Ahnung», sagte sie. Dann schaute sie auf die Uhr, drückte die Zigarette aus und sagte, dass wir uns langsam mal auf die Suche nach dem Artistenheim machen sollten. Ich nickte, nur Großvater schien es auf einmal überhaupt nicht mehr eilig zu haben. Ob er nicht mal mehr in Ruhe aufessen könne, fragte er und kaute die letzten Bissen mit einer für ihn vollkommen untypischen Langsamkeit.

Fenghuangs Altstadt wird genau in der Mitte vom Tuo-Jiang-Fluss geteilt, links und rechts vom Ufer stehen die Häuser auf Stelzen, die mitunter so hoch sind, dass man die Eingangstüren nur mit einer Strickleiter erreichen kann. Durch die engen Gassen drängten sich chinesische Touristengruppen, alle paar Meter standen Souvenirstände, an denen meist kleine Phönixe aus Plastik angeboten wurden, daneben sah man alle Arten von Straßenkünstlern, Musikern, Jongleuren, Zauberern, Wahrsagern, Schwertschluckern und Artisten. Dai sprach jeden von ihnen an, und nach einer knappen Stunde kam sie strahlend zu uns zurück. «Ich habe es gefunden», sagte sie. Es sei ein wenig außerhalb, aber wenn wir uns beeilten, könnten wir es heute noch schaffen. «Großartig», sagte ich, und Großvater sagte es auch, er müsse vorher nur dringend ein paar Phönixe kaufen. Am Souvenirstand holte ich ihn ein. Was denn los mit ihm sei, fragte ich, und er betrachtete ausgiebig einen der roten Plastikvögel. «Vielleicht bin ich noch nicht bereit», sagte er. «Bereit wofür?», fragte ich. Großvater strich dem Phönix behutsam über den langen Schnabel. «Dass unsere Reise schon vorbei ist», sagte er. Ich nahm ihm den Vogel aus der Hand und legte ihn zurück auf das Tischchen. Aber dafür sei er doch schließlich hierhergekommen, sagte ich. Großvater nickte. Ja, sagte er, aber das habe er ja vorher nicht wissen können.

Dai hatte uns in der Zwischenzeit bereits ein neues Auto gemietet, diesmal war es ein japanischer Kleinwagen. Sie hupte und hielt die Beifahrertür auf. «Können wir?», fragte sie. Ich schaute Großvater an, er blickte angestrengt zu Boden. «Vielleicht warten wir doch besser bis morgen», sagte ich. Dai zögerte einen Moment, dann schaltete sie den Motor ab. «Du hast recht», sagte sie. «Wir haben schließlich Zeit.»

Wir schlenderten noch ein wenig durch Fenghuang, und auch wenn wir den fast allesamt verfallenen Tempeln und Pagoden, Stadttürmen und Brücken nur beiläufiges Interesse entgegenbrachten, so war es doch der schönste Tag unserer bisherigen Reise, auch wenn die Konkurrenz da nicht so groß war. Großvater wirkte nun wieder viel gelassener, wir nahmen Dai in die Mitte, sie hakte sich bei uns ein, und wir liefen am Ufer entlang. Die Abendsonne schien uns ins Gesicht, die Fischer auf dem Fluss winkten, wir winkten zurück.

In einem kleinen Park spielte eine Kapelle, und Großvater forderte Dai zum Tanzen auf. Es war schön, ihnen zuzusehen, die Lieder wurden immer schneller, und die beiden drehten sich immer atemloser, immer öfter blitzten Dais

goldene Schneidezähne auf, bis sie irgendwann einen durchgehenden Ring zu bilden schienen.
Vollkommen außer Atem stießen sie wieder zu mir. «Du kannst froh sein, einen solchen Großvater zu haben», sagte Dai, als wir den Park wieder verließen. «Ja», sagte ich, auch wenn ich nicht wusste, ob ich darüber wirklich froh sein konnte. Ich wollte es aber können, ich wollte nichts lieber können als das, allen anderen gelang es doch auch, es konnte doch nicht so schwer sein.

Wir nahmen uns zwei Zimmer im «Hongqiao Bian Kezhan», einer günstigen Herberge mit Blick über den Fluss. Dort aßen wir auch zu Abend, Dai bestellte wieder für uns. «Ihr mögt doch Waschbär?», fragte sie und wartete die Antwort lieber gar nicht ab, obwohl ich, was das Essen anging, mittlerweile alle Hemmungen verloren hatte, und auch Großvater beschwerte sich nicht. «Waschbär», wiederholte er nur, als sei es ein chinesisches Wort, das er gerade gelernt hatte.
Ob er mir nicht jetzt die Geschichte mit Lian zu Ende erzählen wolle, fragte ich ihn, während Dai damit beschäftigt war, mit ihrem Handy eine erstaunliche Anzahl von Kurzmitteilungen zu verschicken. Großvater sah mich überrascht an. Das habe er doch schon im Auto getan. «Nein», sagte ich, «du bist irgendwann eingeschlafen.» – «Wirklich?», fragte Großvater, dann habe er das anscheinend nur geträumt.
Dai sah von ihrem Handy auf, ohne das Tippen zu unterbrechen. «Du hast ihm die Geschichte noch nicht zu Ende erzählt?», fragte sie Großvater entsetzt. Er schüttelte den

Kopf, es sei leider immer etwas dazwischengekommen.
«Über zwanzig Jahre lang?» – «Ja», sagte Großvater,
«leider.» Aber nun werde er das ja endlich nachholen, wo
er denn stehengeblieben sei, fragte er mich. «An eurem
letzten Tag», sagte ich, und Großvater nickte ein paarmal.
«Der letzte Tag», sagte er dann. «Wie seltsam, dass all das
nicht gestern geschehen ist.»
Er habe natürlich nicht geschlafen in der Nacht zuvor, und
den ganzen Vormittag über war er rastlos durch die Stadt
gestreift, hatte versucht, sich mit irgendetwas abzulenken,
aber das gelang nicht, die Stunden bis zum frühen Nachmittag verstrichen unerträglich langsam, und gleichzeitig längst
nicht langsam genug, weil es das letzte Mal sein würde, dass
er auf Lian wartete.
Als er gegen vierzehn Uhr zum «Tamtam» zurückkehrte,
fand er dort alles in heller Aufregung. Erst dachte er, es
handele sich nur um die Hektik der nahenden Abreise, aber
dann wurde ihm mitgeteilt, warum alle so wild durcheinanderliefen: Lian war offenbar verschwunden, ihr Zimmer
ausgeräumt, und auch von Hu fehlte jede Spur. Der Direktor
tobte in seinem Wagen, man hörte ihn schluchzen, man
hörte ihn schreien, man hörte, wie Geschirr zu Bruch ging,
und Großvater hätte ihn am liebsten gefragt, ob er dabei
vielleicht Hilfe benötige.
Unsere Waschbären wurden gebracht, Dai legte ihr Handy
zur Seite, aber keiner von uns begann zu essen. Großvater
nahm sich nur seine Stäbchen und begann, sie aneinanderzureiben, während er weitererzählte.
«Überall habe ich nach Lian gesucht», sagte er, «in jedem
einzelnen Zimmer des Gebäudes», er habe in sämtlichen

Krankenhäusern gefragt, glücklicherweise erfolglos, dann sei er zu allen Kartoffelhändlern gefahren, zu allen Eisdielen und Bäckern und Metzgern, aber nirgendwo hatte man sie gesehen. Er fuhr sogar noch einmal zu der Bucht hinaus, in der sie damals gepicknickt hatten, und war, wie er sagte, «schwer beleidigt», sie auch dort nicht anzutreffen. Das wäre schließlich ein passender Ort für einen Abschied gewesen, und nun würde es wohl gar keinen Abschied geben, und vielleicht war es auch am besten so, schließlich hatten sie die ganzen zwei Wochen über nichts anderes getan, als sich zu verabschieden, sie hatten sich überhaupt nur wegen des Abschieds kennengelernt, und ab morgen würde eine halbe Welt sie trennen und sehr bald schon noch viel mehr als das.

Es war keine gute Vorstellung an diesem Abend, alle auf der Bühne wirkten unkonzentriert, machten unnötige Fehler, und je näher das Finale rückte, desto weniger konnten sie ihre Unruhe verbergen, die sich schnell auf das Publikum übertrug, ein Murmeln breitete sich im Zuschauerraum aus, das bald zu einem Säuseln anschwoll, einem Flüstern, einem kaum mehr gedämpften Sprechen, und als der Direktor schließlich die Bühne betrat, um anzukündigen, dass die Weltsensation Lian heute leider krank sei, konnte Großvater ihn kaum verstehen, so lautstark wurde um ihn herum geredet und gepfiffen und gehustet und geschimpft.

Die Akrobaten betraten noch einmal lustlos die Bühne, um zumindest einen halbwegs spektakulären Schlusspunkt zu setzen, keiner nahm von ihnen Notiz, und Großvater stand auf und ging Richtung Ausgang, er wollte jetzt nur noch ins

Bett, doch als er die Tür gerade erreicht hatte, erstarb der Lärm auf einmal so schlagartig, dass Großvater glaubte, er habe von einer Sekunde auf die andere sein Gehör verloren. Er drehte sich um und sah, dass sämtliche Zuschauer gebannt nach vorne schauten. An den Akrobaten konnte es nicht liegen, deren Pyramide war längst in sich zusammengebrochen, sie lagen über die Bühne verstreut und starrten nach oben. Und dann sah Großvater Lian. In zehn Metern Höhe stand sie auf der kleinen Plattform am Ende des Hochseils. Sie trug einen schlichten weißen Umhang und, soweit Großvater das erkennen konnte, keinerlei Schminke. Neben ihr, beängstigend nah an den Rand gedrängt, stand Hu und umklammerte Lians linke Hand, in der rechten hielt sie einen lächerlich kleinen Sonnenschirm.

Einen Moment lang war Großvater wie gelähmt, «Angst und Freude nahmen sich in mir gegenseitig die Sicht», dann rannte er den Gang hinunter, sprang auf die Bühne und stieg so schnell er konnte die schmale Leiter empor, die zur Plattform auf der anderen Seite des Hochseils führte. Das Holzgestell unter ihm schwankte bedrohlich, auf Lians Seite musste es da noch viel schlimmer zugehen, er schaute zu ihr hinüber, suchte ihren Blick und erschrak, als er ihn nicht fand. Zwar waren ihre Augen geöffnet, sie sahen ihn auch an, aber nichts konnte er in ihnen erkennen, keine Angst, keine Freude, keine Trauer, keine Liebe, keinen Triumph, keine Erschöpfung, «nicht einmal Gleichgültigkeit», sagte Großvater und rieb seine Essstäbchen so heftig gegeneinander, dass ich schon glaubte, Rauch aufsteigen zu sehen. «Es war, als sei der Brunnen, in den ich sonst immer blickte, auf einmal zugemauert.»

Die Artisten auf und hinter der Bühne hatten ihr erstes Entsetzen überwunden, sie liefen nun aufgeregt hin und her, riefen alle durcheinander Lians Namen und noch andere Dinge, die Großvater nicht verstand, und begannen, die Leiter zu Lians Plattform hinaufzuklettern. Eine Zeitlang konnte Hu sie noch mit den Füßen zurückdrängen, dann bekamen die ersten den Saum von Lians Umhang zu fassen, andere griffen schon nach ihren Knöcheln, der Schwertschlucker versuchte, mit einer langen Klinge das Drahtseil zu kappen, die Trapezkünstler formierten sich in der Luft zu einem menschlichen Lasso, und dann lief Lian los.

Außer Großvater rechnete jeder im Saal damit, dass der Draht unter Lians Gewicht sofort reißen würde, und den meisten wird es wohl für immer ein Rätsel bleiben, warum er das nicht tat. «Aber sie unterschätzten einfach Lians Stärke», sagte Großvater. Sie hätten zwar vielleicht gesehen, wie sich jeder Muskel in Lians Körper zusammenzog, wie ihr Kopf in Sekundenschnelle rot anlief, vielleicht hätten sie sogar das Knacken gehört, als der Griff des Sonnenschirms in ihrer Hand zerbarst. «Aber sie haben nicht gesehen, was ich gesehen habe», sagte er, das sei von unten auch gar nicht möglich gewesen, dass nämlich Lians Füße eine Winzigkeit, vielleicht einen halben Millimeter, über dem Seil schwebten. «Die meisten Menschen», erklärte uns Großvater, «sind leider immer ein klein wenig zu schwach für ihr Gewicht.» Und genau das halte uns alle am Boden. Nur Lian sei so stark gewesen, dass sie sich selbst in die Luft heben konnte. Deshalb habe sie auch immer so viel essen müssen, sagte er. «Sonst wäre sie dauernd davongeflogen.»

Schritt für Schritt habe sich Lian weiter vorgewagt, der
Umhang, den die Akrobaten noch immer am Saum festhielten,
flatterte hinter ihr her wie ein langer weißer Schatten.
Großvater blickte kurz zu Hu hinüber, der sich ängstlich am
schmalen Geländer der Plattform festklammerte, doch als er
Großvaters Blick bemerkte, lächelte er stolz.
Lian hatte nun fast die Hälfte des Drahtseils erreicht, und
das Publikum hielt weiterhin geschlossen den Atem an, alle
Münder standen offen, alle Bewegungen waren eingefroren,
im Saal herrschte vollkommene Stille, nur das schmatzende
Geräusch von Lians Schenkeln war zu hören, wenn sie bei
jedem Schritt kurz aneinanderschlugen.
Als sie nur noch etwa fünf Meter von Großvater entfernt
war, erwachten die Akrobaten auf der anderen Seite aus
ihrer verwunderten Starre, stiegen so schnell sie konnten
die Leiter hinunter, rannten über die Bühne und kletterten
zu Großvaters Plattform hinauf. Nur Hu blieb drüben
zurück, er hatte die Hände vor die Augen geschlagen, aber
er lächelte weiter.
Unser Essen war längst kalt geworden, ohne dass auch
nur einer von uns einen Bissen genommen hätte. Dai
rückte immer näher an Großvater heran, klammerte sich
an seinen Arm, obwohl sie die Geschichte schon längst
kannte.
«Vier, fünf Schritte war Lian nur noch von mir entfernt»,
sagte Großvater. «Und auf einmal war ich mir sicher, dass
sie es schaffen würde.» Von hinten drängten die Akrobaten,
begannen schon, ihre Arme auszustrecken, die Zuschauer
hielt es nicht mehr in ihren Sitzen, einer nach dem anderen
wagte sich zum Bühnenrand vor, Kinder saßen auf den

Schultern ihrer Eltern, vollkommen Fremde hielten einander an der Hand. «Zwei Schritte noch», sagte Großvater, «ich konnte Lian bereits riechen, ich sah jedes geplatzte Äderchen in ihren Augen», sie machte einen weiteren Schritt, auch Großvater streckte ihr nun seinen Arm entgegen, und alles Zugemauerte in ihrem Blick brach auf, der Brunnen lag wieder frei und sprudelte wild. Lian hob ihren linken Fuß zum letzten Schritt, mit den Fingerspitzen berührte sie schon Großvaters Hand.

«Eine Zehntelsekunde zu früh brach der Jubel aus», sagte Großvater und zerbrach das Essstäbchen zwischen seinen Fingern, «nur eine verdammte Zehntelsekunde.» Alles klatschte, alles schrie, alles trampelte und pfiff, das ganze Gebäude vibrierte, und vor Schreck muss Lian einen winzigen Moment ihre Anspannung verloren haben, ihr rechter Fuß sackte auf das Seil hinab, das augenblicklich riss, Lian wedelte hilflos mit den Armen, die Akrobaten klammerten sich von hinten an Großvater, Lian fiel und griff im letzten Augenblick Großvaters ausgestreckte Hand. Noch nie hatte er ein solches Gewicht gehalten, sofort riss es auch ihn hinunter, und er wäre hoffnungslos mit Lian gemeinsam zu Boden gefallen, hätten die Akrobaten ihn nicht mit all ihrer Kraft zurückgezogen. Lian baumelte unter ihm. «Sie sah nicht zu mir hoch, sie zappelte nicht, mit großem Bedacht löste sie nur Finger um Finger von meiner Hand», und als sie hinabzurutschen begann, drehte er mit einer schnellen Bewegung seinen Arm und ergriff nun seinerseits Lians Hand, seine Finger krallten sich so tief in das weiche Fleisch, dass die Haut an mehreren Stellen aufriss, und das Blut an seinen Fingerkuppen war «angenehm kühl».

In Großvaters ganzem Körper krachte es, Sehnen und Muskeln schienen zu reißen. Lian schrie etwas, «Sie sagt, du sollst sie loslassen», rief Hu von der anderen Seite herüber, seine Stimme überschlug sich dabei, und Großvater rief, er lasse sie nicht los, niemals. Die Akrobaten zogen an ihm, so fest sie konnten, aber dennoch rutschte er immer weiter über den Rand der Plattform hinaus. Lian schrie erneut zu ihm hinauf, «Sie sagt, du sollst sie endlich loslassen», übersetzte Hu, «sie sterbe doch ohnehin.» – «Ich doch auch», rief Großvater zurück, sein gesamter Oberkörper hing jetzt schon in der Luft, der Schmerz in seinem Arm war längst nicht mehr auszuhalten. Lian schrie ihre Worte jetzt direkt in Hus Richtung. «Sie sagt», übersetzte er, «du wolltest doch aber mal sehen, was sich da machen lässt.» Die Akrobaten hielten ihn jetzt nur noch an seinen Knöcheln, etwas riss laut im linken Arm. «Das nehme ich zurück», rief Großvater, und Lian sah ihn mit großen Augen an. «Und dann wurden sie auf einmal kleiner», erzählte Großvater, «immer kleiner, nur noch zwei schwarze Punkte.» Und Lians ganzer Körper wurde auch immer kleiner, mit rasender Geschwindigkeit entfernte sie sich von ihm, obwohl er sie immer noch festhielt, das war das Letzte, was er sah, bevor er in Ohnmacht fiel.

«Zwei Tage später wachte ich im Krankenhaus wieder auf», sagte Großvater und rieb sich den Stumpf seines linken Arms. Er sei natürlich sofort losgerannt, alle ärztlichen Warnungen ignorierend, aber im «Tamtam» habe er niemanden mehr angetroffen. Das ganze Gebäude sei verlassen gewesen, und nichts habe er dort mehr gefunden, keinen vergessenen Schminktiegel, kein langes schwarzes Haar, und schon gar keinen Arm.

Der Kellner räumte unsere unangerührten Teller ab. Dai saß mittlerweile fast auf Großvaters Schoß. «Ich geh jetzt ins Bett», sagte er leise und stand auf. Dai folgte ihm, und als ich ein paar Minuten später auch nach oben ging, war mir klar, welches der Zimmer für mich bestimmt war.
Es ist schon fast wieder hell, ich muss dringend ein paar Stunden schlafen, ein paar Tage, ein paar Wochen. Gute Nacht,
K.

«Wie bitte?», fragte die Pathologin. «Er ist es nicht», sagte ich. «Ich kenne diesen Mann nicht.» Ich versuchte, das entschieden klingen zu lassen, legte auch ein wenig Erleichterung in die Stimme, ein wenig ungläubiges Staunen, sogar ein klein wenig gespieltes Bedauern, weil ich ihr nun ja leider keine große Hilfe sein konnte.

Die Pathologin sah mich zweifelnd an. Sie wisse, dass solche Momente eine enorme seelische Belastung darstellten, sagte sie. «Aber ist das ganz sicher nicht Ihr Großvater?» Ich warf noch einen bemüht beiläufigen Blick auf die ungehörig vertraute Leiche. «Ganz sicher», sagte ich, und ob sie etwa glaube, ich würde meinen eigenen Großvater nicht erkennen.

«Und was ist mit dem Arm?», fragte die Ärztin, beinah verzweifelt fragte sie das, als ob ich ihr für dieses scheinbare Missverständnis eine Erklärung schuldig sei, sie zog sogar den Reißverschluss des Leichensacks noch ein Stück weiter auf, Großvaters breite, weißbehaarte Brust kam zum Vorschein, die Narbe der Bypassoperation, wie mit einem Filzstift gezeichnet, der Stumpf des linken Arms, so glatt und rund, dass der rechte dagegen wie ein seltsamer Auswuchs wirkte.

Wir haben uns als Kinder nie vor dem Stumpf geekelt, im Gegenteil, nicht ausgiebig genug konnten wir ihn betrachten und befühlen, bei jedem Kummer suchten wir dort Trost. Er krempelte dann seinen linken Ärmel hoch und ließ uns nacheinander geduldig über die lederne Rundung streichen. «Leider habe ich nur den einen», sagte er.

Ich verspürte das dringende Bedürfnis, auch jetzt die Hand danach auszustrecken, den Stumpf nur kurz zu berühren, ich musste die Arme hinterm Rücken verschränken, um diesen Wunsch nicht nachzugehen. «Das ist der falsche Arm», sagt ich deshalb schnell zur Ärztin, ich lachte dabei sogar kurz auf. «Sie haben sich am Telefon anscheinend vertan. Meinem Großvater fehlt der rechte.»

Die Pathologin wusste noch immer nicht, was sie von meinen Aussagen halten sollte, wütend schloss sie den Reißverschluss, zu schnell, als dass ich noch einen letzten Blick auf meinen Großvater hätte werfen können, und das, was sich da in rasender Geschwindigkeit in meiner Brust ausbreitete, was da nach oben in den Hals drang, was bis in die Fingerspitzen schoss, was an meinen Knien zerrte, durfte ich mir nicht anmerken lassen. Das alles hier war schließlich mein Abschied, und es ging nicht um letzte Blicke, nicht um gehauchte Beteuerungen, um keinen verhuschten Kuss auf längst blutleere Lippen, es ging um meinen Großvater, ein letztes Mal ging es nur um ihn.

«Sind Sie denn sicher, dass es Ihrem Großvater gutgeht?», fragte die Pathologin, nachdem sie die Bahre zurück ins Kühlfach geschoben hatte.

«Ich glaube schon», sagte ich. «Er ist zurzeit auf Reisen. Aber nach allem, was ich von ihm höre, geht es ihm prächtig.»

«Wann haben Sie denn zuletzt von ihm gehört?» Sie gab keine Ruhe. «Vor ein paar Wochen», sagte ich. «Aber das heißt nichts, er hat noch nie viel geschrieben.»

Sie führte mich zurück in den kleinen Flur. «Da gibt es aber noch diese Postkarte.» Ob ich mir die kurz ansehen könne.

Ich hatte gehofft, dass sie das vergessen würde, ich wollte so schnell wie möglich raus hier, ich wollte an die frische Luft, allzu lange würde ich meine Gleichgültigkeit nicht mehr vortäuschen können. Aber ich nickte, was blieb mir anderes übrig, die Ärztin verschwand kurz in einem anderen Raum, kam mit der Postkarte wieder heraus und reichte sie mir.

Als Motiv diente eine Kirche, nichts war überklebt, nichts war durchgestrichen, keine Spur von China. Die Rückseite war spärlich beschrieben, die mir so bekannten unleserlichen Zeichen, ich suchte nach dem «Du hättest mitkommen sollen» aber ich fand es nicht. «Keith Stapperpf» stand im Adressfeld mehr nicht, das hatte mir die Pathologin bei ihrem ersten Telefonat verschwiegen.

«Woher wollen Sie wissen, dass die Karte an mich gerichtet ist?», fragte ich. Die Pathologin lächelte müde, sie hätten das natürlich überprüft, in ganz Deutschland sei ich der Einzige dessen Name so anfange.

«Und in Amerika?», fragte ich. «In Griechenland, in Argentinien, in China? Haben Sie das auch überprüft?» – «Nein» sagte sie, aber das sei doch recht unwahrscheinlich. Ihr Lächeln wurde immer müder, sie glaubte mir kein Wort, aber daran war ich ja gewöhnt. «Unwahrscheinlich», sagte ich. «Wissen Sie, was unwahrscheinlich ist? Unwahrscheinlich ist, dass hier ein Mann mit fehlendem Arm liegt, der trotzdem nicht mein Großvater ist. Unwahrscheinlich ist, dass er eine angefangene Karte an jemanden dabeihat, der so ähnlich heißt wie ich. Unwahrscheinlich ist, dass dieser Mann keine Papiere bei sich hatte. Unwahrscheinlich ist, dass Sie so braun gebrannt sind. Unwahrscheinlich ist, dass ich in China bin, das ist sogar höchst unwahrscheinlich, und am unwahrscheinlichsten ist, dass ich gleich heiraten werde», und auf einmal musste ich anfangen zu lachen, ich konnte gar nicht mehr damit aufhören, die Tränen liefen mir die Wangen hinunter, ich schnappte nach Luft, die Pathologin sah mich irritiert an, was mich nur noch mehr zum Lachen brachte, immer konnte ich nur für ein paar Sekunden einhalten, dann prustete es wieder aus mir heraus, mein ganzer

Körper bebte, meine Bauchmuskeln schmerzten, und ich war unglaublich erschöpft, und ich war unglaublich erleichtert und wohl zweifellos auch unglaublich gerührt, denn ich versuchte, die Pathologin zu umarmen, was die aber zu verhindern wusste. Mit beiden Armen drückte sie mich von sich weg. «Vielen Dank für Ihr Kommen», sagte sie und schob mich Richtung Tür. Es tue mir leid, dass ich ihr nicht habe helfen können, sagte ich. Die Pathologin zuckte mit den Schultern. «Wenn Ihnen doch noch einfällt, dass Sie diesen Mann irgendwoher kennen, dann melden Sie sich bitte sofort.» – «Natürlich», sagte ich, aber ich wusste, das würde nicht passieren, dafür kannte ich diesen Mann gut genug.

Ich war schon die Hälfte des Ganges wieder hinuntergegangen, als mir die Pathologin hinterhergeeilt kam. «Die Karte», sagte sie und streckte die Hand aus, und einen Moment lang überlegte ich, jetzt einfach loszulaufen, so schnell zu rennen, wie ich konnte, aus dem Krankenhaus raus, in einen hoffentlich gerade abfahrenden Bus hinein, und aus dem Fenster könnte ich dann sehen, wie die Pathologin stehenbleibt, die Hände in die Hüfte gestemmt, wie sie allmählich kleiner und kleiner wird, bis sie schließlich ganz verschwindet, und ich atme schwer und drücke die gerettete Karte an meine Brust und werde sie so schnell nicht loslassen.

Aber natürlich würde ich damit alles verraten, natürlich wäre die Karte dann nicht in Sicherheit, ich wäre nicht in Sicherheit und mein Großvater schon gar nicht. Ich gab sie der Pathologin zurück. «Haben Sie gelesen, was draufsteht?», fragte ich so beiläufig wie möglich. «Ich habe es versucht», sagte sie, dann ging sie langsam den Gang zurück. «Und grüßen Sie Ihren Großvater», rief sie mir noch nach, ohne sich umzudrehen.

Auf der Rückfahrt zog ich den gelben Zettel aus meiner Tasche, den ich ein paar Stunden zuvor im Haus eingesteckt hatte, und hielt ihn schräg gegen die Fensterscheibe, doch auch so ließ sich die durchgedrückte Schrift nicht entziffern. Ich öffnete die Klappe des kleinen Aschenbechers neben meinem Sitz, fuhr mit dem Zeigefinger die Innenseite entlang, strich den grauen Staub über die Notiz, und die einzelnen Buchstaben stachen gelb hervor. Ich war enttäuscht, die Nachricht schon zu kennen, sie hatte am Vormittag auf dem alten Ballettkleid meiner jüngeren Schwester geklebt. «Ist dir das nicht viel zu eng?» stand darauf, und schon dort hatte mich dieser Satz geärgert, immer mischte sich mein Großvater in alles ein, zu allem musste er ständig seine Meinung äußern, und jetzt im Zug ärgerte mich dieser Satz noch viel mehr, weil es offenbar das Letzte war, was er uns hatte mitteilen wollen. Kein «Lebt wohl», kein «Wartet nicht auf mich», kein dramatisches «Ich werde die Katze von euch grüßen». Nur dieses «Ist dir das nicht viel zu eng?», als ob es wirklich nicht mehr als eine Reise war, die er da antrat, als ob er bald zurückkehren wollte, um sich dann weiterhin in alles einzumischen, und ich konnte nur hoffen, dass auch diese nichtssagende Nachricht Teil des Plans war, von dem ich glaubte, ihn nun für ihn ausgeführt zu haben. Er hatte sich einfach keine endgültige Verabschiedung erlauben dürfen, schließlich war er doch nur auf Reisen, man hatte ihn lediglich aus den Augen verloren.

Ich zerknüllte den gelben Zettel und warf ihn in den Aschenbecher. In einer halben Stunde würde ich zu Hause sein, um drei war der Termin auf dem Standesamt, und auf einmal war ich unglaublich müde, auf einmal erschien gar nichts mehr dringend, außer zu schlafen. Und genau das würde ich tun, ich würde gleich nach der Ankunft ins Gartenhaus fahren, mich hinlegen und hoffen, erst am nächsten Tag wieder aufzuwachen.

Bei Fenghuang, den 24. Mai

Meine Lieben,

links neben mir liegt eine Trapezkünstlerin, rechts eine Schlangenfrau, sie schlafen schon, und auch ich bin eigentlich viel zu erschöpft, um noch zu schreiben, aber so vieles ist heute wieder geschehen, das will ich Euch natürlich erzählen, auch wenn die Tage schon verschwimmen, auch wenn sie mir bereits wie Jahre vorkommen.
Heute Morgen weckten mich laute Geräusche aus dem Nebenzimmer, ich machte den Fernseher an und stellte ihn auf volle Lautstärke, aber es half nichts, also ging ich schon einmal zum Frühstück. Erst gegen Mittag stießen Großvater und Dai dazu. Sie waren bestens gelaunt, Großvater umarmte mich sogar, Dai küsste mich auf die Wange. «Na, gut geschlafen?», fragte ich, und Großvater überhörte alle Untertöne, sagte: «Bestens», und dass er wahnsinnigen Hunger habe. Dai bestellte natürlich wieder viel zu viel. «Greif doch zu», forderten sie mich immer wieder auf, aber ich schüttelte nur den Kopf, nahm mir eine Zigarette nach der anderen aus Dais Schachtel und versuchte, so wenig wie möglich zu husten, während sich Großvater und Dai gegenseitig irgendwelche Häppchen in den Mund schoben. Ob wir nicht langsam mal los müssten, fragte ich, als mir da zu viel wurde. Wenn ich es richtig verstanden hätte, gebe es schließlich noch etwas zu erledigen, oder sei ihm das auf einmal nicht mehr so wichtig. Großvater tupfte sich mit der Serviette den Mund ab. «Doch», sagte er leise, natürlich se

es das, und mit dem Finger ordnete er ein paar Reiskörner am Rand seiner Schale. «Was ist, wenn Hu sich nicht mehr an mich erinnert?», fragte er dann, und Dai nahm seine Hand. Das werde er ganz sicher, sagte sie, bei all dem, was damals passiert sei. Großvater nickte. «Ja», sagte er, «hoffentlich ist es auch passiert.»

Vor der Herberge besorgte Dai uns ein neues Auto, einen Geländewagen, den würden wir brauchen. Ich setzte mich auf die breite Rückbank, gute zwei Meter trennten mich von den Vordersitzen, und so konnte ich wieder kaum verstehen, was die beiden vorne tuschelten, es war wohl ohnehin nicht für meine Ohren bestimmt. Alle paar Sekunden hörte ich sie lachen, manchmal sah ich, wie Dai im Spaß nach Großvater schlug, manchmal blieb ihre Hand auch länger auf seiner Seite, und ich sah dann besser aus dem Fenster.

Die Stadtmauer hatten wir rasch hinter uns gelassen und fuhren durch fast unbebaute Natur, links und rechts der staubigen Straße erstreckten sich Wälder, Hunderte von Kalksteinhügeln ragten aus den Baumgipfeln, in manchen von ihnen klafften riesige Höhlen. Ich hatte noch nie etwas Vergleichbares gesehen, das Grün war so saftig, dass es in den Augen stach, überall glitzerten Wasserfälle in der Sonne, am Straßenrand tollten Affen umher, und einmal musste Dai schlagartig bremsen, weil eine Horde Elefanten die Straße überquerte. Etwa zwanzig Tiere zogen gemächlich vorbei, ohne uns zu beachten, nur der Letzte blieb direkt vor dem Auto stehen, drehte sich zu uns um und blickte müde durch die Windschutzscheibe. Seine runzeligen Augen wanderten von Dai zu mir und schließlich zu Großvater, auf dem sie lange ruhen blieben, und plötzlich hob der Elefant den

Rüssel, schwenkte ihn bedächtig hin und her und warf den Kopf zur Seite. Einige Minuten lang ging das so, keiner von uns wagte sich zu bewegen, dann ließ das Tier den Rüssel wieder sinken und trabte in den Wald.

«Was war das?», fragte ich, und Dai sagte: «Sah aus wie eine Einladung.» Großvater saß immer noch reglos da und sagte kein Wort. Auch während der restlichen Fahrt blieb er stumm, ab und an warf Dai sorgenvolle Blicke zu ihm hinüber. «Er hat dich bestimmt mit jemandem verwechselt.»

Nach ein paar Stunden verließen wir die Straße und bogen auf einen kleinen Waldweg ab. Nun verstand ich, warum wir den Geländewagen benötigten. Wurzeln und Äste überwucherten die Fahrbahn, die nach einigen Metern ohnehin kaum noch auszumachen war, ich hatte keine Ahnung, wie es Dai gelang, sich hier zu orientieren, wir drangen immer tiefer in den Wald vor, doch irgendwann lichtete sich das Gehölz, und wir fanden uns auf einer Grasfläche wieder, in deren Mitte ein riesiges vierstöckiges Holzhaus stand. Dai schaltete den Motor ab. «Ich glaube nicht, dass wir hier richtig sind», sagte Großvater und spähte skeptisch zu dem Haus hinüber. Dai antwortete nicht, ging mit schnellem Schritt vor zum Eingang, und ich schob Großvater hinterher. Auf einem Schild neben der Tür stand in einem guten Dutzend Sprachen «Heim für arbeitsunfähige Artisten (ärztl. Nachweis erwünscht)». «Bist du bereit?», fragte ich Großvater. «Nein», sagte er, atmete einmal tief aus und klingelte.

Schon nach wenigen Sekunden öffnete ein kleiner Mann im roten Trikot. Er schien außer Atem, warf nur einen kurzen

Blick auf uns, dann drehte er sich wieder um und begann, in atemberaubendem Tempo Flickflacks den Flur hinunter zu schlagen, wobei er alle paar Sekunden stolperte, fluchend wieder aufstand, seine Ellbogen rieb und weitermachte. Wir folgten ihm, der Flur nahm einige Abzweigungen und mündete schließlich in einer Art Turnhalle. Das Getümmel, das sich unseren Augen darbot, lässt sich kaum beschreiben. Artisten aller Art gingen in wildem Durcheinander ihren Kunststücken nach, und keines davon schien zu gelingen. Wir sahen Gewichtheber, die unter ihren Hanteln eingeklemmt am Boden lagen, wir sahen schwarz verbrannte Feuerspucker, wir sahen Seiltänzerinnen vor niedrigen Schemeln zaudern, wir sahen einen Schwertschlucker, dem lauter Klingen aus dem Bauch ragten, auf halber Höhe des Saales war ein Netz gespannt, in dem einige der Trapezkünstler zappelten, die über unseren Köpfen einander immerzu verfehlten, Clowns steckten in Kanonenrohren fest, Zauberer schüttelten wütend ihre leeren Zylinder, der Boden war übersät mit Jonglierbällen und Wurfmessern.
Großvater und ich beobachteten all das mit offenen Mündern, Dai schien unbeeindruckt, sie lächelte nur traurig. «Es ist noch genau wie früher», sagte sie, dann beugte sie sich zu einer heillos verknoteten Schlangenfrau hinunter, fragte etwas, und der Schlangenfrau gelang es irgendwie, ihren rechten Arm unter dem linken Unterschenkel hervorzuziehen und damit auf eine Seitentür zu deuten. Dai drehte sich zu uns um. «Hu ist in seinem Büro», sagte sie und sah Großvater an. Er nickte.
Vor dem Büro strich er sich noch ein paarmal durchs Haar.

Dai klopfte, von drinnen klang ein krächzender Laut, und wir traten ein.

Auf den ersten Blick war von Hu nichts zu sehen, erst nach einigen Sekunden entdeckte ich ihn, fast ganz vom Schreibtisch verdeckt, in einer Ecke beim Fenster. Alles schien zu groß für ihn, der Stuhl, auf dem er saß, der Anzug, dessen Ärmel bis weit über die Hände ragten, selbst seine Haut passte ihm nicht, dünn und fleckig hing sie über seinem Schädel wie zum Trocknen. Er blinzelte uns an, stand dann auf, kam mit winzigen Schritten auf uns zu und betrachtete Dais Gesicht, das sie zu ihm hinabbeugte, durch eine Lupe. «Dai», krächzte er erfreut, umarmte sie, die beiden wechselten aufgeregt ein paar Worte, bis Dai ihm schließlich etwas ins Ohr flüsterte. Hu erstarrte, er blickte vorsichtig zu Großvater hinauf, trat näher an ihn heran, fuhr mit der Lupe sein Gesicht ab, befühlte es mit der Hand und griff schließlich in den lose baumelnden linken Hemdsärmel. Und auf einmal begann der kleine Körper so zu zittern, dass ich kurz befürchtete, er würde vor unseren Augen in sich zusammenfallen, Hu krallte sich in Großvaters Ärmel, schüttelte ihn, drückte ihn an seine Brust, dann nahm das Zittern ab, und Hu räusperte sich. «Die Weltsensation Lian würde Ihnen nun ausrichten, dass ich überglücklich bin, Sie wiederzusehen.» Dai wischte sich etwas aus dem Auge, und auch ich war gerührt, als ich es mir vorgestellt hatte, nur Großvater schien seltsam verhalten. Er trat nur von einem Fuß auf den anderen, blickte sich immer wieder Hilfe suchend zu Dai um, und als Hu ihn fragte, wie es ihm denn ergangen sei seit damals, sagte er: «Im Großen und Ganzen gut.» Bald schon entstand eine unangenehme Stille, Hu ließ

Großvaters Ärmel los und spielte verlegen mit seiner Lupe herum. Dass wir auch gar nicht lange stören wollten, sagte Großvater, und Hu nickte hastig. «Einen Moment aber bitte noch», sagte er, verließ das Zimmer, und Dai und ich begannen, auf Großvater einzureden. Was denn bitte mit ihm los sei, fragten wir, und ob er sich denn gar nicht freue, jetzt, da er sein Ziel erreicht habe, und Großvater unterbrach uns, nichts habe er erreicht, gar nichts, und am allerwenigsten ein Ziel. Er wisse zwar immer noch nicht, was er hier eigentlich gesucht habe, aber gefunden habe er jedenfalls nur einen kleinen Mann, so wie alles kleiner sei als früher, so wie alles nur noch schrumpfe, immer weiter abnehme, und am Ende nur noch durch eine Lupe sichtbar sei. Dann solle es doch besser ganz verschwinden. «Lasst uns gehen», sagte Großvater, und in diesem Augenblick kam Hu zurück, in den Armen einen länglichen Glasbehälter, in dem irgendetwas hin und her schwappte. Er drückte ihn Großvater in die Hand. «Den habe ich für Sie aufgehoben.»
Und dann sah ich ihn. Der Arm schwebte in einer trüben Flüssigkeit, oben ragte der abgebrochene Knochen heraus, die Finger waren gekrümmt, sogar die Kratzspuren auf dem Handrücken ließen sich erkennen. Großvater hielt den Behälter unschlüssig vor sich, als solle er nur kurz darauf aufpassen, dann aber begann er auf einmal zu schluchzen, seine Schultern fielen ein, er presste seine Stirn an das Glas, hinter dem sich der Arm langsam auf und ab bewegte, nur Zentimeter von seinem Gesicht entfernt, und nun konnte man deutlich sehen, dass es der Arm eines jungen Mannes war. Ob wir ihn kurz allein lassen sollten, fragte Dai. Großvater nickte, und wir schlichen hinaus. Bevor ich die Tür

schloss, drehte er sich noch einmal zu mir um. «Ich halte sie nicht mehr fest», sagte er und lächelte.

Hu bestand darauf, dass wir zum Abendessen blieben und selbstverständlich auch über Nacht. «Wann gibt es einen besseren Grund zu feiern», sagte er, «als wenn alte Freunde und Körperteile sich wiedersehen.»
Großvater war natürlich der Mittelpunkt des Abends. Immer und immer wieder habe Hu seinen Artisten die Geschichte erzählt, und nun drängten sie sich um ihn, jeder wollte in seiner Nähe sein und die Geschichte noch einmal aus seinem Mund hören, aber Großvater winkte ab. «Ich weiß das alles gar nicht mehr so genau», behauptete er. Gerade die weiblichen Artisten aber blieben beharrlich. Ob er sie auch einmal mit Kartoffeln füttern wolle, fragten sie, oder ob sie ihm vielleicht ihre Seiltanznummern vorführen dürften, einige Mutige baten sogar darum, den Stumpf seines linken Arms berühren zu dürfen, und Großvater schüttelte zu alldem höflich den Kopf und zog sich schon früh mit Dai aufs Zimmer zurück. «Mein Enkel wird euch weiter Gesellschaft leisten», sagte er zum Abschied, «er kommt ganz nach mir.» Und zum ersten Mal störte mich diese Behauptung nicht.
Es wurde noch ein langer Abend, und nun fallen mir die Augen zu, meine Lieben.
Obwohl Großvater anderer Meinung ist: Irgendein Ziel ist erreicht. Das fühlt sich gut an, auch wenn es bedeutet, dass man nun weitersehen muss.
Wie geht es Euch eigentlich? Viele Grüße,
K.

Das Stemmeisen, mit dem das Schloss des Gartenhauses herausgebrochen worden war, lag auf dem Boden, die Tür hing lose im zersplitterten Rahmen, ich öffnete sie mit zwei Fingern.

Franziska saß auf dem Schreibtisch. Sie trug ihren blauen Regenmantel, die Beine hatte sie übereinandergeschlagen, in der rechten Hand hielt sie ihr Handy, in der linken verglühte eine Zigarette. Neben ihr lagen unordentlich gestapelt die Briefe, die ich an meine Geschwister geschrieben hatte. Als ich eintrat, blickte sie nicht zu mir herüber, sie drückte nur ein paar Tasten auf dem Handy, kurz danach begann mein Telefon unter dem Schreibtisch zu klingeln, nach dem fünften Klingeln sprang wie gewohnt der Anrufbeantworter an. «Kapunkt, bist du da?», fragte Franziska, und als ich nicht reagierte, sagte sie: «Schade, ich wollte es dir eigentlich persönlich sagen, aber nun geht es halt nur so.» Noch immer sah sie mich nicht an, mit den Lippen zog sie eine neue Zigarette aus der Schachtel und zündete sie mit dem glühenden Stummel in ihrer Hand an, bevor sie ihn auf den Boden schnippte. «Wenn du das hörst, wirst du schon wissen, dass ich nicht beim Standesamt gewesen bin», sagte sie. «Du wirst wissen, dass ich dich nicht geheiratet habe», sagte sie. «Du wirst vorm Eingang gewartet haben, mit diesem unmöglichen Bahnhofsblumenstrauß in der Hand. Du wirst hektisch auf und ab gelaufen sein und jeden, der vorbeikam, nach der Uhrzeit gefragt haben, manche auch mehrmals hintereinander. Du wirst schließlich hinauf in Raum 208 oder was das war gegangen sein, aber auch dort bin ich ja leider nicht gewesen, und der Standesbeamte wird schon ungeduldig geschaut haben, und nein, er hat auch nichts von mir gehört. Du wirst mich von seinem Telefon aus angerufen haben, aber, wie du weißt, bin ich nicht drangegangen. ‹Immer vergisst sie ihr Handy›, wirst du zum Standesbeamten gesagt haben und musstest dabei so komisch lachen, und er wird mit den Schultern ...»

Mein Anrufbeantworter piepste, Franziska zog an ihrer Zigarette, dann drückte sie die Wahlwiederholung, wartete die Ansage ab und fuhr fort: «Ein hübsches Paar werdet ihr da abgegeben haben, der Standesbeamte und du, wie er seine Zimmerpflanzen gießt, während du immer wieder versuchst, mich zu erreichen. Vielleicht sei mir ja auch was zugestoßen, wird er gesagt haben, und das sollte wohl tröstlich klingen. Und dir wird das alles sehr peinlich gewesen sein, auch wenn der Standesbeamte dir immerzu versichert hat, so etwas passiere dauernd, und es sei eine absolute Ausnahme, wenn mal beide Partner erschienen. Er wird dir sogar einen Kaffee angeboten haben, mit Schuss natürlich, und beim zweiten Becher wirst du den Kaffee dann weggelassen haben und wie immer etwas redselig geworden sein. Du wirst dem armen Menschen die ganze Geschichte von mir und dir und deinem Großvater erzählt haben, natürlich viel zu ausführlich, und du wirst euch dabei immer wieder aus der Rumflasche nachgeschenkt haben, und der Standesbeamte wird pausenlos genickt und ‹Soso› gesagt haben, manchmal auch ‹Ach, du liebe Güte›, und am Ende wirst du ihn dann angeschaut haben, so gut das nach all dem Rum noch ging, und er wird gelallt haben, ich sei ja wirklich eine faszinierende Frau, aber heiraten würde er mich beim besten Willen nicht. ‹Seien Sie froh, dass sie nicht gekommen ist›, wird er gesagt haben, und dann werdet ihr euch ungelenk umarmt haben, und du ...»

Der Anrufbeantworter unterbrach sie wieder, und diesmal ließ sich Franziska Zeit mit der Wahlwiederholung, sie rauchte ihre Zigarette zu Ende, sie schaute aus dem Fenster, sie rieb sich einen Fleck aus dem Mantel, erst dann rief sie wieder an. Unterm Tisch klingelte es wieder, einmal, zweimal, dann ging ich runter auf die Knie, kroch zum Telefon und nahm nach dem vierten Klingeln ab. «Hallo?», fragte ich. «Hier ist Franziska», sagte sie. «Franziska», sagte ich. «Hast du es eben schon mal versucht?» – «Vielleicht ein-, zweimal», sagte sie, und dann schwiegen wir. Weil Franziska aber auch schneller schweigt als andere, war sie schon bald damit fertig. «Wie geht es dir?», fragte sie, und ich sagte: «Ganz ordentlich.» – «Gut», sagte Franziska, sie sei froh, das zu hören. «Von wo aus rufst du an?», fragte ich. Sie räusperte sich kurz. «Aus China», sagte sie dann, «ich bin in China.» Ich blickte auf den gezeichneten Sternenhimmel über mir, den sichelförmigen Mond, die willkürlich angeordneten Planeten. «Das ist ja ein Zufall», sagte ich. «Da bin ich auch gerade.» – «Was du nicht sagst», sagte Franziska. «Und du glaubst nicht, was ich hier alles erlebt habe», sagte ich. «Doch», sagte Franziska, «wahrscheinlich schon.» Ich blickte auf den Radiowecker, auf die Spülschwämme, auf den Anrufbeantworter mit seinen blinkenden Ziffern. «Wer weiß, vielleicht laufen wir uns sogar über den Weg», sagte ich dann. Ich hörte, wie sie sich eine neue Zigarette anzündete, und fuhr mit den Fingern die Tasten des Anrufbeantworters ab. «Alle löschen» stand neben einer von ihnen, und ich drückte darauf. «Ja, wer weiß. Das passiert leicht in China», sagte Franziska. Es war jetzt zwanzig vor drei, ich musste die Briefe noch bei meinen Geschwistern einwerfen, bevor sie nach Hause kamen, vielleicht würde ich es auch noch schaffen, chinesische Poststempel auf die Kuverts zu malen. Franziska trommelte mit ihren Fingern von oben auf die Tischplatte, es klang wie Regen. «Ich glaube, ich kann dich schon sehen», sagte ich und legte auf.

China, den 25. Mai

Meine Lieben,

mir bleibt leider nicht viel Zeit zum Schreiben. Einer von Hus Assistenten hat angeboten, mich gleich mit nach Fenghuang zu nehmen, da er dort ohnehin noch ein paar Besorgungen machen müsse. Dort könne er auch die Briefe für mich aufgeben, hat er gesagt und zugegeben, das sei «für Ausländer vielleicht manchmal etwas schwierig».
Großvater hat mich in aller Frühe geweckt. Er wolle sich nur schnell verabschieden, sagte er, und ich habe ihn verschlafen angesehen und gefragt, was er denn damit meine, und Großvater schob das Bein der schlafenden Trapezartistin zur Seite und setzte sich auf die Bettkante. Dai und er würden nun losfahren, sagte er. Das hätten sie vergangene Nacht beschlossen. Dai werde bei der Bank kündigen und anfangen zu trainieren, ein paar ihrer Kunststücke habe sie sicher bald wieder drauf, und er selbst werde den Schnürsenkeltrick auffrischen, Zaubern sei ja auch so etwas wie Fahrradfahren, das verlerne man nicht, und nach ein paar Wochen wollten sie dann zusammen von Stadt zu Stadt tingeln, in kleinen Varietés auftreten, jetzt im Sommer auch ruhig auf der Straße. Sie könnten im Freien schlafen und nachts Flusskrebse auf dem Lagerfeuer grillen. «Du weißt schon», sagte er, «meine berühmten Thymian-Flusskrebse.» Immer weiter nach Osten würden sie ziehen, bis sie dann schließlich die Berge erreichten, die wolle Dai ihm nämlich unbedingt zeigen. «Sie sagt, nachts in den Bergen sei es so still, dass

man sein eigenes Haar wachsen höre», flüsterte Großvater, «und das würde ich gern einmal erleben.»
Ich richtete mich im Bett auf. Wann er denn wieder zurückkommen wolle. Großvater schwieg. Aber er werde doch wieder zurückkommen, fragte ich, und Großvater strich mir kurz über den Arm. «Ich muss jetzt los», sagte er.
Dai wartete schon beim Auto. Sie umarmte mich lange, dann stieg sie schnell ein, Großvater setzte sich neben sie auf den Beifahrersitz. Dass er noch die Flugtickets habe, sagte ich, und Großvater suchte sie aus seiner Brieftasche, schaute kurz drauf und reichte sie mir durchs Fenster. «Ist dir das nicht viel zu eng?», fragte er, Dai ließ den Motor an, der Wagen fuhr bis an den Rand der Lichtung, dann verschluckte ihn der Wald, und ich merkte, dass ich ganz vergessen hatte zu winken.
Ich schaute auf die Tickets in meiner Hand, für morgen ist der Rückflug gebucht. Ich glaube nicht, dass ich ihn nehmen werde. Das ist mir tatsächlich viel zu eng. Alles ist mir gerade zu eng, und vielleicht werde ich einfach weiterfahren, mich einfach noch ein wenig umsehen, es ist schließlich ein großes Land.

Bis bald. Alles Gute,
K.

Alles, was in den Schilderungen Chinas der Wahrheit entsprechen mag, entstammt dem Reiseführer *Lonely Planet China*.

»Ich liebe Menschen mit Wackelkontakten zur Realität – ich glaube, es gibt viele davon da draußen. Für diese Menschen ist dieses Buch.«

DETLEV BUCK

Mariana Leky
Die Herrenausstatterin
Roman
208 Seiten
Gebunden
18,95 € (D) / sFr. 32,90

ie Frau, der Geist und der Feuerwehrmann auf dem Weg in eine abenteuerliche reiecksgeschichte. Mariana Lekys Roman verführt in eine Welt, die zugleich omischer und trauriger ist als unsere – und dabei geisterhaft menschlich.

DUMONT

www.dumont-buchverlag.de

Tilman Rammstedt
Wir bleiben in der Nähe

Felix, Konrad und Katharina waren mal Freunde, aber irgendwann lief das nicht mehr. Nach Jahren bekommen Felix und Konrad Post. Eine Einladung: Katharina heiratet irgendeinen Tobias. «Tilman Rammstedt ist der Erzähler einer neuen Zeit.» *Welt am Sonntag*
Roman. rororo 24402

Junge deutsche Literatur bei rororo

Kirsten Fuchs
Heile, heile

Die erste Liebe. Der erste Tod. Rebekka ist in einer Orientierungsphase. Sie knabbert an der Trennung von Adrian. Dass sie selbst den Anlass dazu gegeben hat, weil sie ihn betrog, davon will sie nichts mehr wissen. «Diese Sprache produziert eine Energie und eine Lebendigkeit, die in der deutschen Gegenwartsliteratur ihresgleichen sucht.» *Der Spiegel*
Roman. rororo 24736

Wolfgang Herrndorf
In Plüschgewittern

Die Geschichte eines Mannes um die dreißig, der auf dem Weg aus der westdeutschen Provinz in die Szene-Quartiere der Hauptstadt wenig tut, aber viel mitmacht. Der seine Umwelt beobachtet, sie bissig kommentiert und im Übrigen an sich und der Welt leidet. Dann widerfährt ihm ein Missgeschick: Er verliebt sich. «Überaus unterhaltsam.» Gustav Seibt, *Süddeutsche Zeitung* rororo 24727

Weitere Informationen in der Rowohlt Revue *oder unter* www.rororo.de

1, 2, 3, 4 oder 5 Sterne?

Wie hat Ihnen dieses Buch gefallen

Bewerten Sie es auf

www.LOVELYBOOKS.de

Das Literaturportal für Leser und Autoren

Finden Sie neue Buchempfehlungen,
richten Sie Ihre virtuelle Bibliothek ein,
schreiben Sie Ihre Rezensionen,
tauschen Sie sich mit Freunden aus
und entdecken Sie vieles mehr.